तारीखों के बीच

अजीत कुमावत

Made with ♥ on the Notion Press Platform
www.notionpress.com

क्रम-सूची

भूमिका

कुछ कहानियाँ लिखी नहीं जातीं, वे धीरे-धीरे लोगों के जीवन में घटती हैं और फिर शब्दों का रूप लेती हैं। "तारीखों के बीच" ऐसी ही एक कहानी है। यह किसी एक व्यक्ति की कहानी नहीं है, न किसी एक मुकदमे की। यह उन अनगिनत प्रतीक्षाओं की कहानी है जो कागज़ों पर दर्ज तो होती हैं, लेकिन जीवन में उनका कोई निश्चित दिन नहीं आता।

हम अक्सर न्याय को फैसलों में खोजते हैं, लेकिन कभी-कभी सबसे बड़ी त्रासदी फैसले का गलत होना नहीं, उसका कभी न आना होता है। जब एक मामला वर्षों तक चलता रहता है, तब सिर्फ फाइलें पुरानी नहीं होतीं—रिश्ते थकते हैं, उम्मीदें बदलती हैं, और लोग धीरे-धीरे अपने पुराने रूप से दूर चले जाते हैं।

यह पुस्तक किसी व्यवस्था का निर्णय नहीं सुनाती और न ही किसी व्यक्ति को पूर्ण रूप से सही या गलत ठहराती है। यह सिर्फ एक प्रश्न छोड़ती है—जब न्याय की प्रतीक्षा जीवन से लंबी होने लगे, तब वास्तव में क्या खोता है?

इस कहानी में आपको अदालतों से ज्यादा घर दिखाई देंगे, बहसों से ज्यादा चुप्पियाँ, और फैसलों से ज्यादा इंतजार। यहाँ लड़ाई सिर्फ कानून की नहीं है, बल्कि उस समय की भी है जो किसी के जीवन से बिना आवाज़ के निकलता चला जाता है।

राघव, मीरा और उनके साथ चलने वाले लोग काल्पनिक हैं, लेकिन उनकी भावनाएँ, उनकी थकान, उनकी उम्मीद और उनका टूटना—शायद आपको कहीं न कहीं परिचित लगे।

यह पुस्तक किसी निष्कर्ष तक पहुँचने का आग्रह नहीं करती। यह केवल इतना चाहती है कि जब आप अंतिम पृष्ठ तक पहुँचें, तो एक क्षण के लिए रुकें और सोचें—

क्या हर अधूरा मामला सिर्फ न्याय का अधूरापन होता है, या उसके साथ कुछ जीवन भी अधूरे रह जाते हैं?

यदि यह कहानी पढ़ते हुए आपको कभी ऐसा लगे कि आप सिर्फ एक मुकदमा नहीं, बल्कि किसी का धीरे-धीरे बदलता जीवन पढ़ रहे हैं—तो शायद यह पुस्तक अपने उद्देश्य तक पहुँच गई।

— अजीत कुमावत

आमुख

हर कहानी की शुरुआत किसी घटना से नहीं होती। कुछ कहानियाँ एक प्रश्न से शुरू होती हैं। एक ऐसा प्रश्न जो धीरे-धीरे जीवन के भीतर जगह बना लेता है और फिर एक दिन शब्दों का रूप ले लेता है। "तारीखों के बीच" ऐसी ही एक कहानी है।

इस पुस्तक को लिखते समय मेरा उद्देश्य किसी व्यवस्था का निर्णय करना या किसी निष्कर्ष को सिद्ध करना नहीं था। मेरा उद्देश्य उन भावनाओं को समझना और प्रस्तुत करना था जो लंबे इंतजार, अधूरे उत्तरों और समय के साथ बदलते जीवन के बीच जन्म लेती हैं।

हम अक्सर मान लेते हैं कि जीवन बड़े निर्णयों से बदलता है। लेकिन कई बार जीवन किसी निर्णय से नहीं, उसके इंतजार से बदल जाता है। कुछ प्रतीक्षाएँ कैलेंडर पर दर्ज होती रहती हैं, लेकिन उनका असर घरों, रिश्तों और लोगों के भीतर उतरता चला जाता है।

यह पुस्तक एक काल्पनिक कथा है, लेकिन इसके भीतर की भावनाएँ वास्तविक मानवीय अनुभवों से प्रेरित हैं। इसमें पात्र काल्पनिक हैं, स्थान काल्पनिक हैं, लेकिन उम्मीद, संघर्ष, थकान, मौन और समय—ये सब हमारे आसपास मौजूद हैं।

जब मैंने यह कहानी लिखनी शुरू की, तब यह केवल एक विचार थी। लेकिन लिखते-लिखते मुझे महसूस हुआ कि यह सिर्फ एक मुकदमे की कहानी नहीं रह गई। यह उन लोगों की कहानी बन गई जो उत्तर खोजते-खोजते बदल जाते हैं।

मैं चाहता हूँ कि इस पुस्तक को पढ़ते समय पाठक केवल यह न देखें कि आगे क्या होगा, बल्कि यह भी महसूस करें कि उस इंतजार के बीच लोग क्या-क्या खोते और क्या-क्या बचाकर रखते हैं।

यदि इस पुस्तक के किसी पृष्ठ पर आपको लगे कि यह सिर्फ पात्रों की कहानी नहीं, बल्कि मनुष्य की सहनशीलता, आशा और समय की कहानी है—तो मेरे लिए यही इस लेखन की सबसे बड़ी सफलता होगी।

आप सभी पाठकों को यह पुस्तक समर्पित है—जो कभी न कभी किसी उत्तर, किसी अवसर, किसी बदलाव या किसी अंतिम दिन का इंतजार कर चुके हैं।

— अजीत कुमावत

1

तारीख़ों के बीच

सुबह धीरे-धीरे घर के भीतर उतर रही थी। रसोई से उठती चाय की भाप, आटे की हल्की खुशबू और बाहर से आती चिड़ियों की आवाज़ मिलकर एक साधारण दिन जैसा माहौल बना रही थीं। घर छोटा था लेकिन साफ था। दीवारों पर कहीं पुराना पेंट उखड़ा हुआ था, एक कोने में बच्चे की किताबें रखी थीं, दूसरी तरफ लोहे की अलमारी थी जिसमें कपड़ों से ज्यादा फाइलें रखी रहती थीं। उन फाइलों को देखकर कोई भी पहली नज़र में समझ जाता कि इस घर में कोई आदमी कई सालों से किसी काम के पीछे लगा हुआ है। राघव रोज की तरह जल्दी उठ गया था। वह खिड़की के पास बैठकर कागज़ देख रहा था। कुछ पन्नों पर पुराने निशान थे, कुछ पर तारीखें, कुछ पर मुहरें और कुछ पर ऐसे नोट जिनका मतलब शायद अब किसी को याद भी नहीं होगा। वह हर पन्ने को ऐसे देख रहा था जैसे उनमें कहीं कोई जवाब छुपा हो। मीरा रसोई में काम कर रही थी लेकिन उसकी नज़र बीच-बीच में राघव पर चली जाती थी। वह पिछले कुछ सालों में उसके चेहरे के भाव पढ़ना सीख गई थी। कौन सी फाइल उम्मीद वाली है, कौन सी निराशा वाली, कौन सा दिन लड़ाई वाला और कौन सा दिन चुप्पी वाला—वह बिना पूछे समझ जाती थी।

“आज फिर जाना है?”

राघव ने कागज़ समेटते हुए कहा—“हाँ।”

“कुछ नया है?”

“कहा गया था आज स्थिति साफ होगी।”

मीरा कुछ सेकंड चुप रही फिर बोली—“ये बात पहले भी बहुत बार कही गई है।”

राघव ने हल्की मुस्कान के साथ कहा—“इस बार शायद सच हो।”

मीरा ने कोई जवाब नहीं दिया। उसने सिर्फ चाय उसके सामने रख दी।

घर के दूसरे कमरे में उनका बेटा आरव अभी सो रहा था। उसकी उम्र इतनी थी कि उसे दुनिया की मुश्किलें समझ नहीं आती थीं लेकिन इतनी जरूर थी कि वह घर की चुप्पी पहचानने लगा था। पहले वह रोज कुछ न कुछ माँगता था, अब माँगने से पहले माँ का चेहरा देखता था। उसकी स्कूल की फीस समय पर जाती थी, किताबें भी आ जाती थीं लेकिन बहुत सी छोटी चीज़ें धीरे-धीरे घर से गायब हो चुकी थीं—बाहर खाना, त्योहारों की खरीदारी, अचानक घूमने जाना, बिना वजह मुस्कुराना।

राघव ने फाइल उठाई और बाहर निकलने लगा। दरवाजे तक पहुँचकर उसने मुड़कर घर को देखा। यह देखने की आदत उसमें पिछले कुछ महीनों में आई थी। जैसे वह हर बार जाते समय मन में हिसाब लगाता हो कि वापस लौटने पर क्या बदल जाएगा।

"जल्दी आना।"

"कोशिश करूँगा।"

"अगर फिर वही जवाब मिले तो?"

राघव कुछ पल रुका।

"तो अगला रास्ता देखेंगे।"

मीरा ने धीरे से कहा—"तुम रास्ता नहीं देख रहे... तुम बस दीवारों को अलग-अलग दरवाजे समझ रहे हो।"

राघव ने कुछ नहीं कहा और चला गया।

शहर की सड़कें धीरे-धीरे भर रही थीं। लोग अपने कामों में जा रहे थे। कुछ जल्दी में थे, कुछ सामान्य थे। राघव को हमेशा यह देखकर अजीब लगता था कि दुनिया कितनी आसानी से चलती रहती है। किसी का काम रुक जाए, किसी की ज़िंदगी उलझ जाए, किसी का घर टूट जाए—बाकी लोग उसी समय चाय पी रहे होते हैं, दुकान खोल रहे होते हैं, बच्चों को स्कूल भेज रहे होते हैं। दुनिया किसी के लिए नहीं रुकती।

वह उस इमारत तक पहुँचा जहाँ पिछले कई सालों से उसके कदम सबसे ज्यादा पड़े थे। दीवारों का रंग पुराना था, गलियारों में फाइलों की गंध थी, लोग बेंचों पर बैठे थे और हर किसी के हाथ में कागज़ थे। कोई गुस्से में था, कोई थका हुआ था, कोई उम्मीद में था और कुछ ऐसे भी थे जिनके चेहरे देखकर लगता था कि उन्हें अब किसी नतीजे से फर्क नहीं पड़ता।

राघव ने अपनी फाइल जमा की और इंतजार करने लगा। समय धीरे-धीरे बीतता गया। एक घंटा। दो घंटे। तीन घंटे। उसका नंबर आया। वह अंदर गया।

सामने बैठे कर्मचारी ने फाइल ली। कुछ पन्ने देखे। कंप्यूटर खोला। कुछ टाइप किया। फिर स्क्रीन देखकर बिना भाव के बोला—

"अभी प्रक्रिया पूरी नहीं हुई।"

राघव ने पूछा—"कौन सी प्रक्रिया?"

"रिकॉर्ड सत्यापन।"

"लेकिन ये तो पहले हो चुका है।"

"फिर से होगा।"

"क्यों?"

"आदेश है।"

"किसका?"

"ऊपर से।"

राघव कुछ सेकंड तक उसे देखता रहा।

"ऊपर कौन?"

कर्मचारी ने उसकी तरफ देखा और बोला—

"हम यहाँ जवाब देने नहीं बैठे हैं।"

राघव ने अपनी आवाज़ नियंत्रित रखी।

"मैं चार साल से आ रहा हूँ। हर बार नया कारण मिलता है। कम से कम ये तो बता दीजिए कि काम होगा भी या नहीं।"

कर्मचारी ने फाइल बंद की।

"अगला।"

राघव वहीं खड़ा रहा।

"अगर कुछ गलत है तो लिखकर दे दीजिए।"

"अगला।"

"अगर सब सही है तो रोक क्यों रखा है?"

"अगला।"

अब कर्मचारी ने उसकी तरफ देखना भी बंद कर दिया था।

राघव धीरे से फाइल उठाकर बाहर निकल गया। बाहर जाकर वह कुछ देर सीढ़ियों पर बैठ गया। उसके आसपास लोग आते-जाते रहे। कोई उसे नहीं देख रहा था। उसके हाथ में फाइल थी लेकिन पहली बार उसे लगा जैसे वह कागज़ नहीं उठा रहा—वह समय उठा रहा है। चार साल। चार साल के आवेदन। चार साल की छुट्टियाँ। चार साल की बसें। चार साल की उम्मीदें। और बदले में उसके पास सिर्फ अगली तारीख थी।

शाम को वह घर लौटा। मीरा ने दरवाज़ा खोला। उसने कुछ नहीं पूछा। राघव ने भी कुछ नहीं बताया। उसने फाइल अलमारी में रख दी। खाना खाया। आरव अपनी कॉपी लेकर बैठा था। उसने एक सवाल पूछा—

"पापा, न्याय का मतलब क्या होता है?"

राघव ने उसकी तरफ देखा।

"जहाँ सही आदमी के साथ सही हो।"

आरव ने पूछा—

"देर से हो तो भी न्याय होता है?"

राघव कुछ सेकंड तक उसे देखता रहा।

फिर बोला—

"पता नहीं।"

दिन बीतते गए और घर में समय का हिसाब कैलेंडर से कम और तारीखों से ज्यादा होने लगा। पहले दीवार पर त्योहारों को घेरा जाता था, अब उन दिनों को चिन्हित किया जाता था जिन दिन कहीं जाना होता था। राघव की अलमारी में कपड़ों से ज्यादा फाइलें थीं और मीरा ने धीरे-धीरे उन फाइलों को छूना भी छोड़ दिया था। उसे लगता था उनमें कागज़ नहीं, अधूरे दिन रखे हैं। घर पहले जैसा ही था लेकिन उसके भीतर रहने वाले लोग बदलने लगे थे। आरव अब स्कूल से लौटकर पहले की तरह शोर नहीं करता था। उसे समझ नहीं था कि क्या हो रहा है, लेकिन इतना समझ आ गया था कि जब पापा फाइल लेकर बैठें तो सवाल कम पूछने चाहिए।

उस दिन दोपहर के समय राघव घर पर ही था। यह असामान्य था क्योंकि उसे बाहर होना चाहिए था। वह पुराने कागज़ फिर से देख रहा था। उसने लगभग हर आवेदन, हर रसीद और हर दस्तावेज़ को क्रम से रख लिया था। उसके सामने चार साल की पूरी लड़ाई फर्श पर फैली हुई थी। मीरा कुछ देर उसे देखती रही फिर बोली—

"तुम क्या ढूँढ रहे हो?"

राघव ने बिना सिर उठाए कहा—"कुछ समझ नहीं आ रहा।"

"क्या?"

"इतने सालों में एक भी काम आगे नहीं बढ़ा... ये सामान्य नहीं है।"

मीरा उसके पास बैठ गई।

"पहले भी तो बोलता था कि व्यवस्था धीमी है।"

राघव ने एक कागज़ उठाकर कहा—

“धीमी और रुकी हुई चीज़ अलग होती है।”

वह एक-एक तारीख देखने लगा। अचानक उसकी नज़र एक आवेदन पर रुकी। उसने दूसरा कागज़ निकाला। फिर तीसरा। उसके चेहरे का भाव बदलने लगा।

मीरा ने पूछा—

“क्या हुआ?”

राघव ने दोनों कागज़ उसकी तरफ बढ़ाए।

“ये देखो।”

मीरा ने देखा लेकिन उसे कुछ समझ नहीं आया।

“क्या?”

राघव ने उँगली रखी।

“यहाँ तारीख बदली गई है।”

मीरा ने ध्यान से देखा।

वास्तव में एक आवेदन की तारीख दूसरे दस्तावेज़ से मेल नहीं खा रही थी।

राघव ने दूसरा कागज़ निकाला।

फिर तीसरा।

फिर बोला—

“और यहाँ... यहाँ हस्ताक्षर अलग हैं।”

मीरा कुछ देर तक उसे देखती रही।

“मतलब?”

राघव बहुत धीरे बोला—

“मतलब... शायद काम रुका नहीं था।”

कमरे में कुछ सेकंड की चुप्पी रही।

मीरा ने पूछा—

“तो?”

राघव ने पहली बार वह बात कही जिसे उसने इतने साल खुद से भी नहीं कही थी—

“शायद किसी ने जानबूझकर रोका।”

यह कहते हुए उसकी आवाज़ बदल गई।

क्योंकि किसी व्यवस्था की कमजोरी और किसी इंसान की मंशा में फर्क होता है।

अगर गलती हो तो उम्मीद बची रहती है।

अगर जानबूझकर हो तो भरोसा टूटता है।

राघव उसी समय उठ गया। उसने सारे कागज़ एक बैग में रखे और बाहर निकलने लगा।

मीरा ने उसका हाथ पकड़ लिया।

“कहाँ जा रहे हो?”

“पूछने।”

“किससे?”

“जिसने किया।”

“और अगर किसी ने माना ही नहीं?”

राघव कुछ पल चुप रहा।

“कम से कम मुझे ये नहीं लगेगा कि मैंने देखा और चुप रहा।”

मीरा ने हाथ छोड़ दिया लेकिन उसके चेहरे पर डर आ गया था।

“ध्यान से जाना।”

राघव ने सिर्फ सिर हिलाया।

दोपहर ढलने लगी थी जब वह फिर उसी इमारत में पहुँचा। इस बार उसके कदम पहले जैसे नहीं थे। पहले वह जवाब लेने आता था। आज वह सवाल लेकर आया था। उसने रिकॉर्ड विभाग में जाकर वही फाइल रख दी।

कर्मचारी ने ऊपर देखा।

“फिर आप?”

राघव ने शांत स्वर में कहा—

“एक बात पूछनी है।”

“क्या?”

राघव ने कागज़ आगे किया।

“ये तारीख अलग क्यों है?”

कर्मचारी ने देखा।

फिर बोला—

“गलती होगी।”

राघव ने दूसरा कागज़ रखा।

“और ये हस्ताक्षर?”

कर्मचारी का चेहरा हल्का बदला।

“पुराना रिकॉर्ड है।”

राघव अब भी शांत था।

“तो फिर नया रिकॉर्ड किस आधार पर बना?”

कर्मचारी ने फाइल बंद कर दी।

"देखिए, ऐसे काम नहीं होते।"

"तो कैसे होते हैं?"

"लिखित शिकायत कीजिए।"

राघव ने कहा—

"चार साल से वही कर रहा हूँ।"

कर्मचारी ने कुर्सी पीछे की।

"आप हमें सिखाने आए हैं?"

राघव ने पहली बार सीधा देखा।

"नहीं... बस ये पूछ रहा हूँ कि मेरी फाइल चल रही थी या घुमाई जा रही थी।"

कमरे का माहौल बदल गया।

कर्मचारी कुछ देर उसे देखता रहा।

फिर बहुत सामान्य आवाज़ में बोला—

"आप ज्यादा सवाल पूछ रहे हैं।"

राघव कुछ सेकंड चुप रहा।

फिर फाइल उठाई और बाहर आ गया।

लेकिन बाहर निकलते समय उसने पहली बार पीछे मुड़कर उस इमारत को देखा।

उसे लगा—

आज तक वह दरवाजे खटखटा रहा था।

शायद पहली बार उसने दीवार को छुआ था।

उस दिन घर लौटते समय राघव पहले की तरह सीधे नहीं आया। वह रास्ते में कई बार रुका, कई बार फाइल खोली, फिर बंद कर दी। उसे पहली बार अपने कागज़ों से डर लग रहा था। चार साल तक वह यह मानकर लड़ता रहा था कि व्यवस्था धीमी है, लोग व्यस्त हैं, प्रक्रिया लंबी है। लेकिन अगर कोई फाइल जानबूझकर रोकी गई हो तो इसका मतलब सिर्फ समय बर्बाद होना नहीं होता। इसका मतलब होता है कि कहीं कोई आदमी बैठा था जो हर आवेदन को देखकर तय कर रहा था कि किसी दूसरे आदमी का जीवन और कितना रोका जा सकता है। यह विचार उसके भीतर बैठ गया था और जितना वह उसे हटाने की कोशिश करता, उतना ही वह और साफ होकर सामने आ जाता।

घर पहुँचकर उसने हमेशा की तरह फाइल अलमारी में नहीं रखी। उसने उसे मेज पर रखा और बैठ गया। मीरा समझ गई कि आज कुछ अलग है। उसने पानी

रखा और सामने बैठ गई।

"क्या हुआ?"

राघव ने धीरे से कहा—"मुझे लगता है मामला सिर्फ देरी का नहीं है।"

मीरा कुछ नहीं बोली।

राघव ने कागज़ उसकी तरफ बढ़ाए।

"ये देखो।"

मीरा ने देखा।

कुछ देर बाद बोली—

"तुम्हें पूरा भरोसा है?"

राघव ने सिर हिलाया।

"नहीं... लेकिन शक पहली बार हुआ है।"

मीरा ने बहुत देर तक कुछ नहीं कहा। फिर बोली—

"अगर सच हुआ तो?"

राघव ने जवाब देने में समय लिया।

"तो इसका मतलब मैं चार साल गलत दरवाज़ा खटखटाता रहा।"

मीरा ने पूछा—

"और अब?"

राघव ने कहा—

"अब पता करूँगा।"

मीरा ने उसकी तरफ देखा।

"और अगर ये वही चीज़ निकली जो मैं सोच रही हूँ?"

राघव ने पूछा—

"क्या?"

मीरा बोली—

"अगर सच सामने आने से काम और रुक गया तो?"

राघव ने हल्की मुस्कान के साथ कहा—

"जो चार साल से नहीं चला वो और कितना रुकेगा?"

मीरा ने उस बात का जवाब नहीं दिया। क्योंकि कुछ बातें सुनने में मजबूत लगती हैं लेकिन घर के अंदर बैठकर उनका मतलब अलग होता है।

अगले कुछ दिनों तक राघव ने नए आवेदन नहीं दिए। उसने पुराने रिकॉर्ड इकट्ठे करना शुरू किया। जिन लोगों ने कभी कागज़ जमा किए थे उनसे बात की, पुराने दस्तावेज़ निकलवाए, तारीखें मिलाईं। धीरे-धीरे उसे एक अजीब पैटर्न

दिखने लगा। कुछ फाइलें महीनों में निपट गई थीं। कुछ सालों से रुकी थीं। और जो रुकी थीं उनमें कई बार वही नाम दिखाई दे रहे थे। उसे अभी कुछ साबित नहीं हुआ था लेकिन अब उसके अंदर सवाल बढ़ गए थे।

एक दिन वह रिकॉर्ड देखने के लिए फिर गया। इस बार उसे एक पुराने कमरे में भेजा गया जहाँ धूल भरी अलमारियों में पुराने दस्तावेज़ रखे थे। वहाँ एक उम्रदराज कर्मचारी बैठा था। वह बाकी लोगों जैसा नहीं लग रहा था। उसने बिना चिढ़े फाइल ली और देखने लगा।

कुछ देर बाद उसने पूछा—

"कब से लड़ रहे हो?"

"चार साल।"

वह आदमी कुछ देर चुप रहा।

फिर बोला—

"पहली बार आए हो?"

राघव ने कहा—

"नहीं।"

वह आदमी हल्का मुस्कुराया।

"नहीं... मेरा मतलब पहली बार समझे हो?"

राघव ने उसकी तरफ देखा।

आदमी ने फाइल बंद कर दी।

"कुछ चीज़ें कागज़ों में नहीं लिखी होतीं।"

राघव ने पूछा—

"क्या मतलब?"

आदमी ने सीधे जवाब नहीं दिया।

"यहाँ दो तरह के लोग आते हैं। एक वो जिन्हें लगता है काम हो जाएगा। दूसरे वो जिन्हें समझ आ जाता है कि काम क्यों नहीं हो रहा।"

राघव कुछ बोल नहीं पाया।

उस आदमी ने बहुत धीरे कहा—

"जब दूसरी बात समझ आ जाए तो सावधानी से चलना।"

राघव ने पूछा—

"आप क्या कहना चाहते हैं?"

आदमी ने कुर्सी पीछे की।

"मैं कुछ नहीं कह रहा।"

फिर उसने फाइल वापस कर दी।

"और सुनो..."

राघव रुक गया।

वह बोला—

"हर जगह गलती नहीं होती।"

राघव कुछ सेकंड उसे देखता रहा।

फिर बाहर निकल आया

घर लौटते समय उसके हाथ में वही फाइल थी।

लेकिन अब उसे लग रहा था—

इस फाइल में जमीन का मामला नहीं है।

इसमें लिखा है कि एक आदमी कितने समय तक उम्मीद करके जिंदा रह सकता है।

उस रात राघव देर तक जागता रहा। घर में सब सो गए थे। मीरा ने कई बार कहा कि अब सो जाओ, लेकिन उसने हर बार "बस पाँच मिनट" कहा और फिर एक नया कागज़ खोल लिया। कमरे में पीली रोशनी जल रही थी और उसके सामने तारीखें फैली थीं। वह अब आवेदन नहीं पढ़ रहा था, वह समय पढ़ रहा था। उसे एक अजीब बात समझ आने लगी थी—हर बार जब उसका मामला थोड़ा आगे बढ़ने वाला होता, उसी समय कोई नया कारण निकल आता। कभी रिकॉर्ड सत्यापन, कभी अधिकारी परिवर्तन, कभी दस्तावेज़ की कमी, कभी पुनः परीक्षण। पहले उसे लगता था यह संयोग है, अब उसे लगने लगा था कि संयोग इतने व्यवस्थित नहीं होते।

सुबह जब मीरा उठी तो उसने देखा राघव कुर्सी पर ही सो गया था। मेज पर खुले कागज़ पड़े थे और एक कॉपी में उसने कुछ लिख रखा था—तारीखें, नाम, तीर, नोट्स। मीरा ने उसे जगाया।

"सो जाओ अंदर जाकर।"

राघव उठ बैठा।

"एक बात बताऊँ?"

"हूँ।"

"अगर मैं सही हूँ... तो मामला जमीन का नहीं है।"

मीरा ने पूछा—

"तो किसका है?"

राघव कुछ सेकंड चुप रहा।

"ये जानने का कि आदमी कब हार मानता है।"

मीरा ने उसके चेहरे को देखा। उसे डर लगा। वह डर हार का नहीं था। वह डर उस आदमी का था जो बहुत दिनों बाद किसी बात को सच मानने लगे।

उस दिन राघव कहीं नहीं गया। उसने कुछ पुराने परिचितों से मिलना शुरू किया। जिन लोगों ने कभी उसके साथ लाइन में खड़े होकर आवेदन दिए थे, जिनका काम हुआ या नहीं हुआ था। कई लोगों ने बात करने से मना कर दिया। कुछ ने कहा उन्हें कुछ याद नहीं। कुछ ने कहा कि मामला पुराना है। लेकिन एक आदमी मिला—सफेद बाल, थका चेहरा, हाथ में पुरानी फाइल।

राघव ने पूछा—

"आपका काम हुआ था?"

वह आदमी हँसा।

"इतने साल बाद ये सवाल कोई नहीं पूछता।"

"हुआ था?"

"कागज़ में हुआ।"

राघव समझा नहीं।

उस आदमी ने कहा—

"फैसला मेरे पक्ष में आया था।"

"फिर?"

वह बोला—

"लागू नहीं हुआ।"

राघव चुप रहा।

आदमी आगे बोला—

"दो साल और भागा। फिर बीमारी आ गई। अब लड़ नहीं सकता।"

उसने फाइल बंद की।

"अब बेटा बोलता है छोड़ दो।"

राघव ने पूछा—

"आप छोड़ क्यों नहीं देते?"

वह आदमी मुस्कुराया लेकिन मुस्कान अजीब थी।

"क्योंकि इतने साल लड़ने के बाद आदमी मामला नहीं लड़ता... खुद को सही साबित करता है।"

यह सुनकर राघव कुछ देर तक कुछ नहीं बोला।

घर लौटते समय उसके कदम धीमे थे। पहली बार उसने सोचा—अगर एक दिन फैसला उसके पक्ष में भी आ गया तो क्या सच में कुछ बदल जाएगा?

शाम को घर पहुँचा तो मीरा कपड़े तह कर रही थी। उसने पूछा—

“कुछ पता चला?”

राघव बैठ गया।

“मीरा...”

“हूँ?”

“अगर कोई लड़ाई जीतने के बाद भी कुछ न मिले... तो क्या वो जीत होती है?”

मीरा ने कपड़े रखते हुए कहा—

“तुम्हें पता है मैं कब से डर रही हूँ?”

राघव ने उसकी तरफ देखा।

वह बोली—

“मुझे जमीन जाने का दुख नहीं था।”

राघव चुप रहा।

मीरा ने पहली बार उसकी आँखों में देखकर कहा—

“मुझे डर था कि कहीं इसे वापस लेने में मैं तुम्हें न खो दूँ।”

कमरे में कुछ देर कोई आवाज़ नहीं थी।

आरव अंदर पढ़ रहा था।

रसोई में दाल चढ़ी थी।

बाहर लोग अपने-अपने काम से जा रहे थे।

और उसी छोटे घर के अंदर पहली बार राघव ने सोचा—

शायद कुछ चीज़ें सिर्फ इसलिए नहीं टूटतीं कि वे गलत हैं।

कुछ चीज़ें इसलिए टूटती हैं क्योंकि उन्हें बहुत देर तक पकड़े रखा जाता है।

रात को सोने से पहले उसने फिर फाइल निकाली।

इस बार उसने आवेदन नहीं निकाला।

उसने एक खाली कागज़ निकाला।

ऊपर लिखा—

“औपचारिक शिकायत”

और बहुत देर तक उसे देखता रहा।

क्योंकि उसे पता था—

यह कागज़ जमा करने के बाद मामला सिर्फ रुका हुआ नहीं रहेगा।

किसी को पता चल जाएगा—

कि एक आदमी अब चुप नहीं है।

अगली सुबह घर सामान्य दिख रहा था लेकिन सामान्य था नहीं। कुछ फैसले ऐसे होते हैं जिनके बाद आदमी बाहर से वही रहता है लेकिन भीतर से पहले जैसा नहीं रहता। राघव सुबह जल्दी उठ गया था। इस बार उसने फाइल नहीं खोली। उसने मेज पर रखा वह खाली कागज़ उठाया जिस पर पिछली रात सिर्फ दो शब्द लिखे थे—“औपचारिक शिकायत”। वह उसे देखता रहा। कई मिनट तक। जैसे लिखने से पहले वह समझ लेना चाहता हो कि इस कागज़ का मतलब क्या है। शिकायत सिर्फ कागज़ नहीं होती। शिकायत का मतलब होता है किसी से कहना कि तुम गलत हो। और जिन लोगों के पास समय, मुहर और प्रक्रिया हो—उनसे यह कहना आसान नहीं होता।

मीरा चाय लेकर आई। उसने कागज़ देखा। कुछ नहीं बोली। फिर धीरे से सामने बैठ गई।

“पक्का है?”

राघव ने पूछा—

“किस बारे में?”

“ये देने के बारे में।”

राघव ने कुछ पल सोचा।

“नहीं।”

“फिर?”

“लेकिन अब न देने का कारण भी नहीं बचा।”

मीरा ने उसकी तरफ देखा।

“तुम्हें लगता है कुछ बदल जाएगा?”

राघव ने जवाब देने में समय लिया।

“पता नहीं।”

“तो क्यों?”

राघव ने पहली बार साफ शब्दों में कहा—

“क्योंकि अगर मुझे पता चल गया कि मेरे साथ गलत हुआ और मैं फिर भी चुप रहा... तो उसके बाद मैं अपने बेटे को ईमानदारी नहीं सिखा पाऊँगा।”

मीरा चुप हो गई।

उसने सिर झुका लिया।

वह जवाब नहीं था।

वह हार भी नहीं थी।

वह बस समझ थी।

राघव ने कागज़ लिखना शुरू किया। हर लाइन सोचकर। हर शब्द संभालकर। उसने कहीं आरोप नहीं लिखा। कहीं बड़े शब्द नहीं लिखे। उसने सिर्फ तारीखें लिखीं, अंतर लिखे, हस्ताक्षरों की विसंगति लिखी, आवेदन संख्या लिखी और अंत में लिखा—

"कृपया जाँच कर उचित कार्यवाही की जाए।"

बस।

चार साल का दर्द।

एक लाइन में समेट दिया गया।

दोपहर तक वह शिकायत जमा करने गया। इस बार वह सीधा उस खिड़की पर नहीं गया जहाँ रोज जाता था। उसने दूसरे विभाग में जाकर दस्तावेज़ जमा किए। सामने बैठी महिला ने फाइल ली। पढ़ा। फिर पहली बार किसी ने उससे एक अलग सवाल पूछा—

"क्या आपको यकीन है कि आप यही जमा करना चाहते हैं?"

राघव ने पूछा—

"मतलब?"

उसने कहा—

"बस पूछ रही हूँ।"

राघव ने कहा—

"हाँ।"

उसने शिकायत स्वीकार की।

एक रसीद दी।

और फाइल एक तरफ रख दी।

बस इतना।

कोई बहस नहीं।

कोई रोक नहीं।

और यही बात राघव को सबसे ज्यादा अजीब लगी।

उसे लगा था कुछ होगा।

कुछ नहीं हुआ।

वह घर लौट आया।

दो दिन बीत गए।

तीन।

चार।

कोई जवाब नहीं।

पाँचवें दिन शाम को जब वह घर लौट रहा था तो उसे लगा कोई पीछे चल रहा है। उसने मुड़कर देखा।

एक आदमी था।

साधारण कपड़े।

वह आगे निकल गया।

राघव ने ध्यान नहीं दिया।

लेकिन अगले दिन फिर वही हुआ।

और तीसरे दिन भी।

यद संयोग था।

शायद नहीं।

उसने किसी से कुछ नहीं कहा।

लेकिन उसने नोटिस करना शुरू कर दिया।

एक हफ्ते बाद उसे एक कॉल आया।

नंबर अनजान था।

उसने उठाया।

दूसरी तरफ कुछ सेकंड चुप्पी रही।

फिर आवाज़ आई—

"आपने शिकायत की है?"

राघव ने कहा—

"जी।"

कुछ पल चुप्पी।

फिर—

"सलाह है... अपना मूल मामला लड़िए।"

राघव ने पूछा—

"आप कौन बोल रहे हैं?"

कॉल कट गया।

राघव कुछ देर फोन देखता रहा।

उसने वापस कॉल किया।

नंबर बंद।

वह घर पहुँचा।

मीरा ने देखा उसका चेहरा बदला हुआ है।

"क्या हुआ?"

राघव ने तुरंत नहीं बताया।

फिर बोला—

"कुछ नहीं।"

मीरा ने उसकी तरफ देखते हुए कहा—

"झूठ बोलने में तुम बहुत खराब हो।"

राघव बैठ गया।

सब बता दिया।

मीरा कुछ देर तक कुछ नहीं बोली।

फिर उसने बहुत धीरे कहा—

"शिकायत वापस ले लो।"

राघव ने तुरंत उसकी तरफ देखा।

"क्यों?"

मीरा ने जवाब नहीं दिया।

कुछ सेकंड बाद बोली—

"मुझे जमीन नहीं चाहिए।"

राघव चुप।

वह आगे बोली—

"मुझे तुम चाहिए।"

कमरे में अचानक सन्नाटा हो गया।

राघव ने कहा—

"ये डरने वाली बात नहीं है।"

मीरा ने उसकी तरफ देखा।

"जिस दिन इंसान को बिना नाम के समझाया जाने लगे... उस दिन डरना चाहिए।"

उस रात पहली बार राघव ने सोने से पहले दरवाज़ा दो बार चेक किया।

और उसे खुद पर गुस्सा आया।

क्योंकि शिकायत करने से पहले उसे डर नहीं था।

अब था।

उस कॉल के बाद घर का माहौल बदल गया लेकिन बाहर से कुछ भी नहीं बदला। यही सबसे मुश्किल हिस्सा था। अगर कोई खुलकर धमकी दे दे तो आदमी

तय कर लेता है कि डरना है या लड़ना है। लेकिन जब कुछ साफ न हो, कोई सामने न आए, कोई सीधे कुछ न कहे और फिर भी भीतर बेचैनी बैठ जाए—तो आदमी हर सामान्य चीज़ को भी शक की नज़र से देखने लगता है। अगले कुछ दिनों तक राघव ने खुद को समझाया कि वह ज्यादा सोच रहा है। उसने मीरा से भी यही कहा। लेकिन कुछ बदलाव उसने खुद भी करने शुरू कर दिए। घर लौटने का समय थोड़ा बदल दिया। रास्ता बदल दिया। बाहर कम रुकने लगा। फोन उठाते समय नंबर देखने लगा।

मीरा ने ये सब नोटिस किया।

एक शाम जब आरव पढ़ रहा था और दोनों रसोई में थे, उसने पूछा—

"अगर कुछ नहीं है तो तुम दरवाज़ा दो बार क्यों देखते हो?"

राघव ने पानी पिया।

"बस आदत।"

मीरा ने उसकी तरफ देखा।

"तुम्हारी ये आदत पिछले हफ्ते से शुरू हुई है।"

राघव कुछ नहीं बोला।

मीरा ने फिर पूछा—

"डर लग रहा है?"

राघव ने तुरंत कहा—

"नहीं।"

मीरा ने धीमे स्वर में कहा—

"मुझे लग रहा है।"

राघव उसके सामने बैठ गया।

"कुछ नहीं होगा।"

मीरा ने पूछा—

"तुम्हें पता है?"

राघव ने जवाब नहीं दिया।

उसने सिर्फ कहा—

"मैं पीछे नहीं हटूँगा।"

मीरा ने कुछ नहीं कहा लेकिन उसकी आँखों में वह सवाल था जो उसने पूछा नहीं—क्या हर लड़ाई लड़ना जरूरी होता है?

कुछ दिन बाद शिकायत पर पहली प्रतिक्रिया आई। कोई फैसला नहीं, कोई कार्रवाई नहीं। बस एक आधिकारिक सूचना—शिकायत प्राप्त हुई है और समीक्षा

के लिए अग्रेषित की गई है। राघव ने वह कागज़ कई बार पढ़ा। उसमें इतने शब्द थे लेकिन कोई जवाब नहीं था। उसने सोचा कम से कम कुछ शुरू तो हुआ।

वह उसी दिन संबंधित कार्यालय गया। इस बार उसका व्यवहार अलग था। वह पहले की तरह विनती करने नहीं गया था। उसने रसीद दिखाई और पूछा कि आगे क्या होगा। सामने बैठे व्यक्ति ने फाइल देखी, फिर उसकी तरफ देखा।

"आपने शिकायत की है?"

"जी।"

उसने फिर पूछा—

"आपको किसी ने सलाह नहीं दी?"

राघव ने कहा—

"किस बात की?"

उस आदमी ने कुर्सी पर पीछे टिकते हुए कहा—

"कई बार आदमी जितना खो चुका होता है... उससे ज्यादा बचाना चाहिए।"

राघव ने पूछा—

"क्या ये जवाब है?"

उसने फाइल बंद कर दी।

"जाँच होगी।"

"कब तक?"

"समय लगेगा।"

राघव ने हल्की हँसी के साथ कहा—

"ये वाक्य यहाँ दीवार पर लिख देना चाहिए।"

उस आदमी ने कोई प्रतिक्रिया नहीं दी।

राघव बाहर निकल आया।

वह सीढ़ियों से उतर रहा था कि उसे सामने एक आदमी दिखाई दिया। साधारण कपड़े। उम्र लगभग पचास। उसने राघव को देखा और पास आकर धीरे से कहा—

"आप राघव हैं?"

"जी।"

उसने इधर-उधर देखा।

"एक सलाह दूँ?"

राघव सतर्क हो गया।

"कहिए।"

वह आदमी बोला—

"सिस्टम से लड़ो, लोगों से नहीं।"

राघव ने पूछा—

"मतलब?"

उसने जवाब नहीं दिया।

बस चला गया।

राघव पीछे मुड़ा।

आदमी भीड़ में गायब हो चुका था।

घर लौटते समय वह पूरे रास्ते यही सोचता रहा—क्या ये चेतावनी थी? मदद थी? डराना था? या बस कोई सामान्य बात?

लेकिन उस दिन पहली बार उसने अपने कागज़ फिर नहीं खोले।

रात को खाना खाते समय आरव ने कहा—

"पापा, अगले महीने स्कूल में कार्यक्रम है।"

राघव ने पूछा—

"क्या चाहिए?"

"कॉस्ट्यूम।"

"ले लेंगे।"

आरव खुश हो गया।

फिर उसने पूछा—

"आप चलोगे न?"

राघव ने बिना सोचे कहा—

"हाँ।"

आरव मुस्कुराकर खाने लगा।

लेकिन मीरा ने उसकी तरफ देखा।

उसने पूछा—

"उस दिन कोई तारीख तो नहीं?"

राघव रुक गया।

उसे याद नहीं था।

उसने सोचा।

फिर बोला—

"देख लूँगा।"

आरव ने तुरंत पूछा—

"फिर से काम?"

राघव ने उसकी तरफ देखा।

बच्चे ने बहुत सामान्य तरीके से कहा—

"आप हमेशा कहते हो जल्दी आऊँगा।"

कमरे में कुछ सेकंड चुप्पी रही।

मीरा ने खाना परोसना जारी रखा।

राघव ने पहली बार महसूस किया—

चार साल में सिर्फ उसका मामला नहीं रुका था।

घर के अंदर भी बहुत सी चीज़ें इंतजार में खड़ी थीं।

और उसी रात, सोने से पहले, उसने फोन खोला।

एक नया संदेश आया था।

कोई नाम नहीं।

सिर्फ एक लाइन—

"कुछ लड़ाइयाँ जीतने के लिए नहीं छोड़ी जातीं, खत्म करने के लिए छोड़ी जाती हैं।"

उस संदेश के बाद राघव काफी देर तक फोन की स्क्रीन देखता रहा। शब्द बहुत छोटे थे लेकिन असर उतना नहीं था। उसने संदेश दोबारा पढ़ा। फिर तीसरी बार। फिर फोन बंद कर दिया। कुछ मिनट बाद फिर खोला और नंबर देखने लगा। कोई नाम नहीं। कोई पहचान नहीं। उसने संदेश मिटाया नहीं। जवाब भी नहीं दिया। बस स्क्रीन बंद कर दी। लेकिन कुछ संदेश फोन से नहीं जाते। वे आदमी के व्यवहार में बस जाते हैं।

उस रात वह देर तक नहीं सोया। कमरे में अँधेरा था। मीरा उसकी तरफ पीठ करके लेटी थी लेकिन सोई नहीं थी। कई साल साथ रहने के बाद लोग साँसों से समझ जाते हैं कि सामने वाला जाग रहा है।

कुछ देर बाद उसने पूछा—

"क्या लिखा था?"

राघव ने जवाब नहीं दिया।

मीरा फिर बोली—

"मैंने देखा था तुम फोन देख रहे थे।"

राघव कुछ सेकंड चुप रहा फिर बोला—

"कुछ नहीं।"

मीरा करवट लेकर उसकी तरफ मुड़ी।

"अब ये मत करना।"

राघव ने पूछा—

"क्या?"

"मुझे बचाने के लिए बात छुपाना।"

कमरे में कुछ देर चुप्पी रही।

फिर राघव ने फोन उठाकर उसे दे दिया।

मीरा ने संदेश पढ़ा।

कुछ सेकंड तक उसका चेहरा नहीं बदला।

फिर उसने फोन वापस रखा।

और सिर्फ एक सवाल पूछा—

"अब?"

राघव ने धीरे कहा—

"कुछ नहीं।"

मीरा ने पूछा—

"शिकायत वापस लोगे?"

राघव ने सिर हिलाया।

"नहीं।"

मीरा ने आँखें बंद कर लीं।

वह बहस नहीं कर रही थी।

वह हार भी नहीं मान रही थी।

वह बस समझ रही थी कि अब यह मामला जमीन का नहीं रह गया।

अगले दिन घर सामान्य दिखाने की कोशिश करता रहा। आरव स्कूल गया। मीरा ने काम किए। राघव बाहर गया। लेकिन अब उसके जाने और आने के बीच पहले जैसा खाली समय नहीं बचता था। हर बार दरवाज़ा खुलने तक मीरा सुनती रहती कि बाहर कदमों की आवाज़ रुकी या आगे निकल गई।

दो दिन बाद एक पत्र आया।

आधिकारिक।

ऊपर मुहर थी।

राघव ने खोला।

उसमें लिखा था कि उसकी शिकायत प्राथमिक परीक्षण के लिए स्वीकार की गई है और उसे कुछ दस्तावेज़ लेकर उपस्थित होना है।

पहली बार।

चार साल में पहली बार।

उसके मामले में किसी ने उससे अतिरिक्त दस्तावेज़ माँगे थे।

राघव के चेहरे पर हल्की चमक आई।

मीरा ने पत्र पढ़ा।

उसने मुस्कुराने की कोशिश नहीं की।

बस पूछा—

“कहाँ बुलाया है?”

राघव ने जगह बताई।

वह कुछ सेकंड चुप रही।

फिर बोली—

“मैं भी चलूँगी।”

राघव ने तुरंत कहा—

“ज़रूरत नहीं।”

“मैं चलूँगी।”

“क्यों?”

मीरा ने उसकी तरफ देखकर कहा—

“क्योंकि अगर ये सच में आगे बढ़ रहा है... तो मैं देखना चाहती हूँ।”

राघव ने मना नहीं किया।

जिस दिन जाना था, दोनों साथ निकले। आरव स्कूल चला गया। रास्ते में दोनों ज्यादा नहीं बोले। शहर वैसा ही था जैसा हर दिन होता है। दुकानें खुल रही थीं। लोग जा रहे थे। किसी को नहीं पता था कि दो लोग अपने जीवन के शायद सबसे महत्वपूर्ण कागज़ लेकर जा रहे हैं।

वे दफ्तर पहुँचे। इस बार उन्हें ऊपर भेजा गया। कमरा बाकी कमरों से अलग था। ज्यादा शांत। कम लोग। अंदर बैठे अधिकारी ने फाइल ली।

उसने ध्यान से पढ़ा।

कई बार पन्ने पलटे।

कुछ नोट्स बनाए।

फिर उसने सिर उठाया।

“आपने ये सब खुद निकाला?”

राघव ने कहा—

“जी।”

उसने पूछा—

“कोई कानूनी सलाह ली थी?”

"नहीं।"

अधिकारी कुछ देर उसे देखता रहा।

फिर बोला—

"आपकी शिकायत दर्ज है। जाँच होगी।"

राघव ने पूछा—

"इस बार सच में?"

उस आदमी ने सीधे जवाब नहीं दिया।

उसने सिर्फ कहा—

"अगर दस्तावेज़ सही हुए तो मामला आगे जाएगा।"

राघव ने पूछा—

"और अगर सही निकले?"

अधिकारी ने पहली बार उसकी आँखों में देखकर कहा—

"तो मामला बड़ा हो सकता है।"

मीरा ने पहली बार बीच में पूछा—

"कितना बड़ा?"

कमरे में कुछ सेकंड चुप्पी रही।

फिर उसने कहा—

"इतना कि लोग चाहेंगे ये छोटा ही रहता।"

घर लौटते समय दोनों चुप थे।

लेकिन इस बार चुप्पी पहले जैसी नहीं थी।

इस बार उसमें डर और उम्मीद दोनों थे।

रात को आरव ने पूछा—

"काम हो गया?"

राघव ने उसकी तरफ देखा।

और बहुत दिनों बाद उसने कहा—

"शायद... पहली बार कुछ शुरू हुआ है।"

लेकिन उसी रात लगभग ग्यारह बजे दरवाज़े के नीचे से किसी ने एक मुड़ा हुआ कागज़ अंदर सरका दिया।

राघव ने उठाकर खोला।

उसमें सिर्फ एक लाइन लिखी थी—

"जिन्हें इंतजार करवाया जाता है, वे परेशान होते हैं। जो इंतजार करवाते हैं, वे परेशान होना पसंद नहीं करते।"

उस कागज़ को पढ़ने के बाद कुछ सेकंड तक कोई कुछ नहीं बोला। घर में इतनी शांति थी कि बाहर से गुजरते वाहन की आवाज़ भी साफ सुनाई दे रही थी। राघव दरवाज़े के पास खड़ा था और मीरा कुछ दूरी पर। दोनों ने वही लाइन पढ़ी लेकिन दोनों ने उसका मतलब अलग समझा। राघव ने सोचा—यह डराने की कोशिश है। मीरा ने सोचा—किसी को पता है हम कहाँ रहते हैं।

मीरा धीरे से उसके पास आई।

"किसने डाला?"

राघव ने बाहर देखा।

गली खाली थी।

"पता नहीं।"

"देखा किसी को?"

"नहीं।"

मीरा ने कागज़ उसके हाथ से लिया। कुछ देर देखती रही। फिर उसने उसे मोड़ा और मेज पर रख दिया।

राघव ने पूछा—

"फेंक क्यों नहीं रही?"

मीरा ने कहा—

"क्योंकि मैं डर को अनदेखा करने वालों में से नहीं हूँ।"

राघव चुप रहा।

उस रात उसने पहली बार फाइलों की जगह दरवाज़े की तरफ ज्यादा देखा।

सुबह आई लेकिन घर की चाल बदल गई थी। कोई खुलकर बात नहीं कर रहा था लेकिन सब सामान्य होने का अभिनय कर रहे थे। आरव स्कूल की तैयारी कर रहा था। वह अपने कार्यक्रम को लेकर उत्साहित था। उसने आते-जाते पूछा—

"पापा, आप आओगे न?"

राघव ने कहा—

"हाँ।"

आरव खुश हो गया।

बच्चों की एक अजीब बात होती है—वे वादे पर विश्वास कर लेते हैं।

मीरा उसे स्कूल छोड़ने गई। लौटकर आई तो देखा राघव मेज पर बैठा था। फाइल खुली नहीं थी।

वह सामने बैठ गई।

"अब क्या करोगे?"

राघव ने कहा—

"इंतजार।"

मीरा ने पूछा—

"कितना?"

राघव ने हल्की हँसी के साथ कहा—

"अब तो ये शब्द सुनकर भी थकान होती है।"

कुछ देर बाद वह बोली—

"अगर मैं एक बात कहूँ तो बुरा मानोगे?"

राघव ने उसकी तरफ देखा।

"नहीं।"

मीरा ने कहा—

"अगर कभी लगे कि ये लड़ाई हमें खा रही है... तो छोड़ देना।"

राघव ने पूछा—

"तुम चाहती हो मैं छोड़ दूँ?"

मीरा ने सिर हिलाया।

"नहीं।"

कुछ सेकंड बाद बोली—

"मैं चाहती हूँ तुम बचे रहो।"

उस दिन दोपहर में राघव को फिर बुलावा आया। इस बार उसे कुछ दस्तावेज़ सत्यापित कराने थे। वह गया। कमरे में पहले वाला अधिकारी नहीं था। दूसरा आदमी बैठा था।

उसने फाइल ली।

कुछ देर देखी।

फिर पूछा—

"आप वही हैं?"

राघव ने पूछा—

"कौन?"

उसने कहा—

"शिकायत वाले।"

राघव ने पहली बार नोटिस किया कि अब उसे उसके नाम से नहीं पहचाना जा रहा था।

वह बोला—

"जी।"

आदमी ने कागज़ पर मुहर लगाई।

फिर बिना ऊपर देखे पूछा—

"इतना समय क्यों लगाया?"

राघव को यह सवाल अजीब लगा।

उसने कहा—

"मैंने नहीं लगाया।"

आदमी ने कहा—

"नहीं... शिकायत करने में।"

राघव कुछ सेकंड चुप रहा।

फिर बोला—

"मुझे देर से समझ आया।"

आदमी ने पहली बार उसकी तरफ देखा।

और बहुत सामान्य आवाज़ में बोला—

"अक्सर लोगों को जल्दी समझ आ जाता है।"

राघव समझ नहीं पाया।

उसने पूछा—

"मतलब?"

आदमी ने कहा—

"कुछ नहीं।"

और अगला कागज़ देखने लगा।

राघव बाहर निकल आया।

लेकिन जाते-जाते उसने पीछे मुड़कर देखा।

आदमी उसे ही देख रहा था।

घर लौटते समय उसके फोन पर कॉल आया।

अनजान नंबर।

उसने उठाया।

दूसरी तरफ शांत आवाज़ थी।

"राघव जी?"

"जी।"

"आपके बेटे का कार्यक्रम अगले मंगलवार को है न?"

राघव कुछ सेकंड तक चुप हो गया।

आवाज़ फिर बोली—

"बच्चों के कार्यक्रम मिस नहीं करने चाहिए।"

कॉल कट गया।

राघव सड़क पर रुक गया।

उसने तुरंत नंबर मिलाया।

बंद।

उसके हाथ पहली बार हल्के काँपे।

घर लौटकर उसने कुछ नहीं बताया।

लेकिन इस बार मीरा ने पूछने का इंतजार नहीं किया।

उसने सीधे कहा—

"क्या हुआ?"

राघव कुछ सेकंड उसे देखता रहा।

फिर पहली बार उसकी आवाज़ में वह चीज़ थी जो अब तक नहीं आई थी—

डर।

उसने कहा—

"उन्हें आरव के बारे में पता है।"

मीरा कुछ पल उसे देखती रही।

फिर बिना कुछ कहे उठी।

अलमारी खोली।

फाइल निकाली।

और राघव के सामने रख दी।

उसने कहा—

"अब पहली बार मुझे बताओ।"

"ये लड़ाई सिर्फ तुम्हारी है?"

कमरे में बहुत देर तक कोई जवाब नहीं आया।

उस रात घर में कोई ऊँची आवाज़ नहीं हुई, लेकिन जितनी बातें नहीं बोली गईं उनका वजन किसी झगड़े से कम नहीं था। मीरा ने फाइल मेज पर रख दी थी और उसके बाद वह रसोई में चली गई। उसने कुछ नहीं कहा। राघव भी उसके पीछे नहीं गया। वह कुर्सी पर बैठा रहा। उसके सामने वही फाइल थी जिसे उसने इतने साल अपनी जिम्मेदारी माना था। लेकिन पहली बार उसे लगा कि उसने फैसला अकेले लिया और असर सब पर पड़ा। कमरे में घड़ी चल रही थी। बाहर कहीं कुत्ता भौंक रहा था। अंदर उसका बेटा होमवर्क कर रहा था और उसे यह भी नहीं पता था कि

उसके नाम का इस्तेमाल किसी बातचीत में हो चुका है।

कुछ देर बाद आरव बाहर आया।

"मम्मी खाना?"

मीरा ने सामान्य आवाज़ में कहा—

"हाँ, लगाती हूँ।"

राघव ने उसकी तरफ देखा।

उसे लगा मीरा अभिनय कर रही है।

फिर उसे समझ आया—

नहीं।

वह घर बचा रही है।

खाना लगा। तीनों बैठे। बीच-बीच में आरव स्कूल की बातें करता रहा। कार्यक्रम की तैयारी, किसे कौन सा रोल मिला, कौन संवाद भूल गया। राघव सुन रहा था लेकिन शब्द उसके भीतर नहीं जा रहे थे।

अचानक आरव ने पूछा—

"पापा, अगर कोई किसी को परेशान करे तो क्या करना चाहिए?"

राघव ने उसकी तरफ देखा।

"क्यों?"

"आज स्कूल में दो बच्चे लड़ रहे थे।"

राघव कुछ सेकंड चुप रहा।

फिर बोला—

"पहले समझाना चाहिए।"

"और न माने?"

"तो किसी बड़े को बताना चाहिए।"

आरव ने पूछा—

"और बड़ा भी कुछ न करे?"

राघव जवाब नहीं दे पाया।

आरव ने खुद ही कहा—

"फिर खुद लड़ना पड़ता होगा।"

और वह खाना खाने लगा।

राघव ने पहली बार नीचे देखा।

उसने महसूस किया—

बच्चे दुनिया को कितनी सीधी तरह समझते हैं।

और बड़े लोग उसे कितना उलझा देते हैं।

रात को आरव सो गया। कमरे की लाइट बंद थी। मीरा खिड़की के पास खड़ी थी। राघव उसके पास गया।

"मीरा..."

वह मुड़ी नहीं।

"एक बात पूछूँ?"

राघव चुप।

वह बोली—

"अगर उस कॉल में मेरा नाम लिया होता तो क्या करते?"

राघव ने तुरंत कहा—

"कुछ नहीं होने देता।"

मीरा ने धीरे से पूछा—

"और अब?"

राघव जवाब नहीं दे पाया।

कुछ देर बाद उसने कहा—

"शायद ये सिर्फ डराने के लिए हो।"

मीरा उसकी तरफ मुड़ी।

"तुम्हें सच में ऐसा लगता है?"

राघव ने उसकी आँखों में देखा।

और पहली बार उसने कहा—

"नहीं।"

कमरे में बहुत देर तक कोई नहीं बोला।

फिर मीरा उसके सामने बैठ गई।

"मैं तुम्हें रोक नहीं रही।"

राघव चुप।

"लेकिन अब फैसला करते समय ये मत सोचना कि तुम अकेले हो।"

उसने मेज पर रखी फाइल की तरफ देखा।

"ये कागज़ घर से बड़े नहीं हैं।"

राघव ने धीरे से पूछा—

"अगर मैं शिकायत वापस ले लूँ तो?"

मीरा ने तुरंत जवाब नहीं दिया।

फिर बोली—

"मैं नहीं चाहती तुम डरकर छोड़ो।"

"और अगर मैं न छोड़ूँ?"

मीरा ने उसकी तरफ देखा।

"तो मैं तुम्हारे साथ रहूँगी।"

कुछ सेकंड बाद उसने जोड़ा—

"लेकिन अगर कभी मुझे लगे कि ये लड़ाई तुम्हें बदल रही है... तो मैं तुम्हें खुद रोकूँगी।"

अगले दिन सुबह राघव बाहर निकला तो उसे दरवाज़े के पास एक लिफाफा मिला। इस बार उसमें कोई धमकी नहीं थी।

अंदर उसकी शिकायत की प्रति थी।

उसी पर लाल पेन से एक लाइन लिखी थी—

"प्रक्रिया शुरू हो चुकी है।"

बस इतना।

न कोई नाम।

न कोई हस्ताक्षर।

राघव बहुत देर तक उसे देखता रहा।

फिर उसने पहली बार महसूस किया—

अब मामला रुका नहीं है।

अब मामला चल पड़ा है।

और उसे नहीं पता था—

चल किस दिशा में रहा है।

उस लिफाफे के आने के बाद घर के भीतर एक नया शब्द आ गया—सामान्यता। लेकिन यह असली नहीं थी, बनाई हुई थी। सब लोग कोशिश कर रहे थे कि रोज की जिंदगी चलती रहे। मीरा पहले की तरह काम करती, आरव स्कूल जाता, राघव बाहर जाता। फर्क बस इतना था कि अब हर छोटी चीज़ दर्ज होने लगी थी। किस समय कौन बाहर गया, किस समय लौटा, किसने फोन किया, कौन दरवाज़े पर आया—जो बातें पहले कभी ध्यान देने लायक नहीं थीं अब वे सब याद रखी जाने लगीं। डर हमेशा शोर नहीं करता। कई बार वह घर के नियम बदल देता है।

राघव ने शिकायत वापस नहीं ली। लेकिन उसने एक और काम किया—उसने हर दस्तावेज़ की कॉपी बनवाई। एक सेट घर में रखा, एक पुराने परिचित के पास और एक अपने बैग में। यह काम करते हुए उसे खुद पर अजीब लगा। वह वही

आदमी था जो चार साल तक मानता रहा कि सच अपने आप काफी होता है। अब वह पहली बार सच को संभालकर रखने लगा था, जैसे उसे भी खोया जा सकता हो।

तीन दिन बाद उसे एक आधिकारिक सूचना मिली। उसे एक प्रारंभिक सुनवाई जैसी प्रक्रिया में उपस्थित होना था। यह अंतिम निर्णय नहीं था, बस शिकायत पर प्राथमिक जाँच की शुरुआत थी। लेकिन इतने वर्षों में पहली बार कोई तारीख ऐसी थी जो आगे बढ़ने के लिए दी गई थी, टालने के लिए नहीं।

जिस दिन जाना था, सुबह घर में अजीब शांति थी। आरव स्कूल जाने की तैयारी कर रहा था। उसका कार्यक्रम अगले हफ्ते था और वह बार-बार उसी की बात कर रहा था। मीरा उसकी यूनिफॉर्म ठीक कर रही थी लेकिन ध्यान कहीं और था।

आरव ने पूछा—

"आज फिर काम?"

राघव ने कहा—

"हाँ।"

"इस बार अच्छा वाला?"

राघव हल्का मुस्कुराया।

"शायद।"

आरव ने बिना सोचे कहा—

"तो जीत जाना।"

बच्चा चला गया।

कुछ सेकंड तक दोनों दरवाज़े की तरफ देखते रहे।

फिर मीरा ने पूछा—

"मैं चलूँ?"

राघव ने कुछ देर सोचा।

फिर बोला—

"नहीं।"

"क्यों?"

"क्योंकि अगर कुछ न हुआ तो मुझे तुम्हारी आँखों में फिर निराशा नहीं देखनी।"

मीरा ने बहुत धीरे कहा—

"और अगर कुछ हो गया तो?"

राघव ने जवाब नहीं दिया।

वह चला गया।

इस बार इमारत वैसी नहीं लगी जैसी पहले लगती थी। पहले वह यहाँ काम कराने आता था, आज उसे लग रहा था कि वह यहाँ कुछ साबित करने आया है। उसे एक छोटे कमरे में बैठाया गया। अंदर तीन लोग थे। उन्होंने फाइल ली, कागज़ देखे, तारीखें मिलाईं। कई सवाल पूछे गए—आवेदन कब दिया, जवाब कब मिला, रिकॉर्ड कब देखा, अंतर कब नोटिस किया।

एक आदमी ने पूछा—

"आपने पहले शिकायत क्यों नहीं की?"

राघव ने कहा—

"क्योंकि मैं मानता रहा कि गलती होगी।"

उसने पूछा—

"और अब?"

राघव ने कहा—

"अब मुझे लगता है गलती बहुत लंबे समय तक एक जैसी नहीं रहती।"

कुछ देर तक कमरे में सिर्फ कागज़ पलटने की आवाज़ आती रही।

फिर उनमें से एक ने पूछा—

"अगर आपको पता चल जाए कि कोई जिम्मेदार नहीं है... सिर्फ प्रक्रिया थी... तब?"

राघव ने जवाब देने में समय लिया।

"तो कम से कम मुझे पता होगा कि मेरे चार साल किसने लिए।"

उन लोगों ने कुछ नोट किया।

बैठक खत्म हुई।

जाते-जाते उनमें से एक आदमी ने फाइल बंद की और कहा—

"आपको दोबारा बुलाया जा सकता है।"

राघव ने पूछा—

"क्या कुछ मिला?"

उसने सीधा जवाब नहीं दिया।

बस कहा—

"कुछ रिकॉर्ड दोबारा मंगवाने पड़ेंगे।"

यह छोटी बात थी।

लेकिन राघव समझ गया।

पहली बार किसी और ने भी रिकॉर्ड पर सवाल किया था।

वह बाहर निकला।

बहुत दिनों बाद उसके कदम हल्के थे।

घर लौटते समय उसने रास्ते से आरव के लिए रंग खरीदे। मीरा के लिए उसकी पसंद की मिठाई ली। उसे लगा शायद अभी जीत नहीं हुई, लेकिन शायद लड़ाई पहली बार सुनी गई है।

घर पहुँचकर उसने सामान मेज पर रखा।

आरव खुश हो गया।

मीरा ने पूछा—

"क्या हुआ?"

राघव बैठ गया।

और बहुत दिनों बाद उसने कहा—

"आज मुझे लगा... मैं पागल नहीं हूँ।"

मीरा कुछ सेकंड उसे देखती रही।

फिर पहली बार हल्का मुस्कुराई।

उसने पूछा—

"अब आगे?"

राघव ने कहा—

"अब इंतजार।"

दोनों कुछ सेकंड चुप रहे।

फिर अचानक दोनों हँस पड़े।

क्योंकि यह शब्द अब मजाक जैसा लगने लगा था।

उस रात घर थोड़ा हल्का था।

आरव अपने कार्यक्रम की प्रैक्टिस कर रहा था।

मीरा खाना बना रही थी।

राघव बरामदे में बैठा था।

बहुत समय बाद उसने फाइल नहीं खोली।

लेकिन रात लगभग साढ़े दस बजे उसका फोन बजा।

अनजान नंबर।

उसने उठाया।

दूसरी तरफ कोई आवाज़ नहीं थी।

कुछ सेकंड बाद सिर्फ एक वाक्य बोला गया—

"आपको लगा आपको सुना गया?"

कॉल कट गया।

और उसी समय राघव के फोन पर एक नया संदेश आया—

"अगली तारीख बदल दी गई है।"

फोन हाथ में लिए राघव कुछ सेकंड तक बैठा रहा। उसने संदेश फिर पढ़ा। उसमें न कोई कारण था, न नई तारीख, न कोई आधिकारिक जानकारी। सिर्फ इतना कि अगली तारीख बदल दी गई है। पहली प्रतिक्रिया गुस्से की नहीं थी। पहले उसे यकीन नहीं हुआ। उसने सोचा शायद गलती हो। फिर उसे याद आया—पिछले चार साल में सबसे ज्यादा नुकसान किसी एक फैसले ने नहीं किया था, बल्कि हर बार कुछ होने से ठीक पहले हुई छोटी-छोटी देरी ने किया था।

वह अंदर गया।

मीरा ने उसका चेहरा देखा।

"क्या हुआ?"

राघव ने फोन उसकी तरफ बढ़ा दिया।

उसने पढ़ा।

कुछ देर तक कुछ नहीं बोली।

फिर उसने पूछा—

"पक्का है?"

"नहीं।"

"तो?"

"कल जाकर देखूँगा।"

मीरा ने सिर हिलाया।

लेकिन इस बार उसने उसे समझाने की कोशिश नहीं की।

क्योंकि दोनों जानते थे—

अब समझाना और उम्मीद देना लगभग एक जैसा झूठ लगने लगा था।

उस रात फिर किसी को ठीक से नींद नहीं आई। राघव बीच-बीच में उठकर फोन देखता रहा। कोई नया संदेश नहीं आया। लेकिन जो नहीं आया था वही सबसे ज्यादा परेशान कर रहा था—आधिकारिक सूचना।

सुबह वह बहुत जल्दी निकल गया। रास्ते में उसने किसी से बात नहीं की। वह सीधे उस कार्यालय पहुँचा जहाँ पिछली प्रक्रिया हुई थी। बाहर पहले जैसी भीड़ थी। लोग वैसे ही लाइन में थे। कोई हँस रहा था, कोई बहस कर रहा था, कोई इंतजार कर रहा था। उसे अचानक अजीब लगा कि उसकी रात जैसे बीती थी, दुनिया की नहीं बीती।

उसने पूछताछ की।

रिकॉर्ड देखा गया।
फाइल निकाली गई।
फिर सामने बैठे व्यक्ति ने कहा—
"हाँ, तारीख बदली है।"
राघव ने पूछा—
"क्यों?"
उसने स्क्रीन देखी।
"प्रशासनिक कारण।"
"क्या कारण?"
"लिखा नहीं है।"
"नई तारीख?"
उसने स्क्रीन देखी।
कुछ सेकंड रुका।
फिर बोला—
"अभी निर्धारित नहीं।"
राघव कुछ सेकंड उसे देखता रहा।
"मतलब?"
"बाद में सूचना दी जाएगी।"
राघव ने धीरे पूछा—
"कब?"
उसने वही जवाब दिया—
"बाद में।"
राघव वहीं खड़ा रहा।
उसने कहा—
"कल तक तो तारीख थी।"
उस आदमी ने सिर उठाया।
"आज नहीं है।"
"लेकिन क्यों?"
वह आदमी कुर्सी से पीछे हुआ।
"देखिए... ऐसी चीजें होती रहती हैं।"
राघव ने पूछा—
"हर बार?"

उसने कोई जवाब नहीं दिया।

राघव बाहर आ गया।

सीढ़ियों पर बैठ गया।

बहुत देर तक।

उसे अचानक याद आया—कल रात वह मिठाई लेकर घर गया था।

उसे लगा था कुछ बदल रहा है।

और आज उसे समझ आया—

व्यवस्था आदमी को सिर्फ रोकती नहीं।

कभी-कभी उसे थोड़ा आगे चलने देती है ताकि अगली बार गिरना और भारी लगे।

कुछ देर बाद वह उठने लगा तो उसके पास एक आदमी आकर बैठ गया। उम्र लगभग चालीस-पैंतालीस। साधारण कपड़े।

उसने पूछा—

"आपका भी आगे बढ़कर वापस आया?"

राघव ने उसकी तरफ देखा।

आदमी हँसा।

"चेहरे से पहचान जाता हूँ।"

राघव चुप।

वह बोला—

"मेरा आठ साल चला।"

राघव ने पूछा—

"हुआ?"

उसने कहा—

"हाँ।"

राघव थोड़ा आगे झुका।

आदमी बोला—

"खत्म हुआ।"

राघव ने पूछा—

"फैसला?"

आदमी ने हल्की मुस्कान के साथ कहा—

"फैसले और खत्म होने में फर्क होता है।"

दोनों कुछ देर चुप रहे।

फिर उसने पूछा—
"पहली बार हो?"
राघव ने कहा—
"चार साल।"
आदमी कुछ सेकंड उसे देखता रहा।
फिर बोला—
"अभी तुम दस्तावेज़ बचा रहे हो।"
राघव समझा नहीं।
वह आगे बोला—
"कुछ समय बाद लोग खुद को बचाने लगते हैं।"
इतना कहकर वह उठ गया।
राघव ने उसे जाते देखा।
फिर घर लौट आया।
घर पहुँचा तो आरव दौड़ता हुआ आया।
"क्या हुआ?"
राघव कुछ नहीं बोला।
आरव फिर बोला—
"जीत गए?"
राघव ने उसकी तरफ देखा।
और बहुत धीरे कहा—
"अभी नहीं।"
आरव ने पूछा—
"हार गए?"
राघव ने सिर हिलाया।
"अभी नहीं।"
आरव वापस चला गया।
मीरा सामने बैठ गई।
"नई तारीख?"
राघव ने कहा—
"नहीं।"
कुछ सेकंड चुप्पी रही।
फिर उसने पूछा—

"कारण?"

राघव ने हल्की हँसी के साथ कहा—

"प्रशासनिक।"

मीरा कुछ देर उसे देखती रही।

फिर उसने बहुत धीरे पूछा—

"राघव..."

"हूँ?"

"अगर कोई आदमी हर बार तुम्हें गिराने के लिए नहीं... थकाने के लिए खेल रहा हो..."

वह रुक गई।

फिर बोली—

"तो जीत कैसे होती है?"

राघव ने जवाब नहीं दिया।

क्योंकि पहली बार—

उसे भी नहीं पता था।

उस दिन के बाद राघव ने दो दिन तक कहीं जाना कम कर दिया। उसने हार नहीं मानी थी, लेकिन पहली बार वह समझ नहीं पा रहा था कि अगला कदम क्या हो। पहले हर देरी के बाद एक और आवेदन होता था, एक और तारीख होती थी, एक और कमरा होता था। अब पहली बार कुछ नहीं था। न नई तारीख, न जवाब, न दिशा। जैसे किसी ने रास्ता बंद नहीं किया बल्कि रास्ता ही मिटा दिया हो। घर में उसकी मौजूदगी बढ़ गई थी लेकिन उसकी बातचीत कम हो गई थी। वह पहले की तरह कागज़ लेकर नहीं बैठता था। बस कभी खिड़की के पास बैठ जाता, कभी छत पर चला जाता, कभी बिना वजह अलमारी खोलकर वापस बंद कर देता। मीरा यह सब देख रही थी। उसे पता था यह गुस्सा नहीं है। यह वह थकान है जिसमें आदमी लड़ना चाहता है लेकिन समझ नहीं पाता किससे।

तीसरे दिन सुबह जब राघव बाहर अखबार उठाने गया तो उसके नीचे एक और लिफाफा रखा था। इस बार अंदर कोई चेतावनी नहीं थी। सिर्फ एक फोटोकॉपी थी। किसी फाइल का एक पन्ना। ऊपर आधिकारिक मुहर जैसी छपी थी। नीचे कुछ टिप्पणियाँ थीं। एक लाइन लाल पेन से घिरी हुई थी—

"प्राथमिक परीक्षण स्थगित — अभिलेख अपूर्ण।"

राघव बहुत देर तक उसे देखता रहा।

अपूर्ण।

यह शब्द वह चार साल से सुन रहा था।

लेकिन इस बार उसे गुस्सा नहीं आया।

उसे सिर्फ एक बात समझ आई—

किसी ने उसे ये दिखाना चाहा है।

वह अंदर आया।

मीरा ने पूछा—

"क्या है?"

राघव ने कागज़ दे दिया।

उसने पढ़ा।

कुछ सेकंड बाद बोली—

"ये तुम्हें मिला कैसे?"

राघव ने कहा—

"पता नहीं।"

मीरा ने उसकी तरफ देखा।

"अब समझ आ रहा है?"

राघव चुप।

मीरा बोली—

"किसी को पता है तुम क्या कर रहे हो।"

राघव ने पहली बार कहा—

"और किसी को शायद ये भी पता है कि अंदर क्या हो रहा है।"

उस दिन वह फिर बाहर गया लेकिन इस बार फाइल लेकर नहीं। सिर्फ वह कागज़ लेकर। उसने आधिकारिक जानकारी माँगी। काफी देर बाद उसे बताया गया कि मामला वास्तव में स्थगित किया गया है क्योंकि कुछ रिकॉर्ड उपलब्ध नहीं हुए।

राघव ने पूछा—

"कौन से रिकॉर्ड?"

उत्तर मिला—

"आंतरिक प्रक्रिया है।"

उसने पूछा—

"कब तक?"

उत्तर—

"बताया नहीं जा सकता।"

उसने पूछा—
"क्या रिकॉर्ड खो गए?"
उत्तर—
"ऐसा नहीं कहा गया।"
उसने पूछा—
"तो मिले नहीं?"
उत्तर—
"ऐसा भी नहीं कहा गया।"
कुछ देर तक दोनों तरफ चुप्पी रही।
फिर राघव ने बहुत धीरे पूछा—
"अगर रिकॉर्ड हैं भी और नहीं भी... तो मैं क्या करूँ?"
सामने बैठे आदमी ने पहली बार उसकी तरफ देखा।
और कहा—
"इंतजार।"
राघव बाहर निकल आया।
लेकिन इस बार वह सीढ़ियों पर नहीं रुका।
वह सीधे बाहर निकल गया।

घर लौटते समय उसने रास्ते में स्कूल देखा। छुट्टी हो रही थी। बच्चे बाहर निकल रहे थे। आरव भी उनमें था। उसने राघव को देखा और दौड़कर आ गया।

"पापा!"
राघव मुस्कुराया।
"आज जल्दी?"
आरव ने कहा—
"प्रैक्टिस थी।"
दोनों साथ घर चलने लगे।
रास्ते में आरव अचानक बोला—
"पापा, आप जब काम की बात करते हो तब अलग लगते हो।"
राघव ने पूछा—
"कैसा?"
आरव कुछ देर सोचता रहा।
फिर बोला—
"जैसे आप यहाँ नहीं हो।"

राघव चुप हो गया।
आरव ने फिर पूछा—
"जब ये सब खत्म हो जाएगा तब हम घूमने चलेंगे?"
राघव ने बिना सोचे कहा—
"हाँ।"
आरव खुश हो गया।
फिर उसने पूछा—
"कब खत्म होगा?"
राघव कुछ कदम चलता रहा।
फिर बोला—
"पता नहीं।"
आरव ने बहुत सामान्य तरीके से कहा—
"आपको कुछ भी पता नहीं होता।"
वह हँसने लगा।
लेकिन राघव नहीं हँसा।
घर लौटकर वह देर तक उसी बात के बारे में सोचता रहा।
उसे अचानक एहसास हुआ—
चार साल में उसने अपने बेटे से कितनी बार कहा था—
बस ये हो जाए।
बस अगली तारीख।
बस अगला कदम।
और शायद पहली बार उसने सोचा—
अगर ये कभी खत्म ही न हुआ तो?
रात को जब सब सोने लगे तो मीरा ने पूछा—
"क्या सोच रहे हो?"
राघव ने कहा—
"अगर मामला चलता रहा तो?"
मीरा ने पूछा—
"कितने समय तक?"
राघव ने पहली बार जवाब दिया—
"जितना वो चाहें।"
कमरे में कुछ देर सन्नाटा रहा।

फिर मीरा ने बहुत धीरे कहा—

"तब हमें तय करना होगा..."

राघव ने उसकी तरफ देखा।

वह बोली—

"हम न्याय चाहते हैं या जीवन भी।"

राघव ने कोई जवाब नहीं दिया।

लेकिन उस रात—

बहुत समय बाद—

उसने फाइल अलमारी में रख दी।

फाइल अलमारी में रखने के बाद भी कुछ खत्म नहीं हुआ। अगले दो-तीन दिन घर में एक अजीब सी शांति रही। बाहर से सब ठीक था। राघव पहले की तरह उठता, चाय पीता, कभी बाजार चला जाता, कभी आरव को पढ़ा देता, लेकिन एक फर्क था—उसने फाइल नहीं खोली। यह पहली बार हुआ था। चार साल में पहली बार कोई ऐसा दिन आया था जब उसने खुद को कागज़ों से दूर रखा। लेकिन जिन चीज़ों को आदमी हाथ से दूर रख देता है, वे दिमाग से हमेशा दूर नहीं होतीं।

मीरा यह बदलाव देख रही थी। पहले उसे डर था कि राघव इस मामले में बहुत डूब गया है। अब उसे डर होने लगा कि कहीं वह अचानक टूट न जाए। क्योंकि लड़ते हुए आदमी में ऊर्जा दिखती है। लेकिन जो आदमी लड़ना बंद कर दे और फिर भी चैन से न बैठे—उसकी थकान ज्यादा गहरी होती है।

एक शाम बिजली चली गई। घर हल्के अँधेरे में डूब गया। आरव मोमबत्ती लेकर बैठ गया और अपनी कॉपी में कुछ बनाने लगा। राघव बरामदे में बैठा था। मीरा उसके पास आकर बैठ गई।

कुछ देर दोनों चुप रहे।

फिर उसने पूछा—

"सच-सच बताओ।"

राघव ने उसकी तरफ देखा।

"क्या?"

"अगर मैं कहूँ छोड़ दो... तो छोड़ दोगे?"

राघव ने तुरंत जवाब नहीं दिया।

बहुत देर बाद बोला—

"नहीं जानता।"

मीरा ने पूछा—

"इतना जरूरी है?"
राघव ने कुछ सेकंड सोचा।
फिर कहा—
"पहले लगता था जमीन जरूरी है।"
वह रुका।
"फिर लगा न्याय जरूरी है।"
थोड़ा और रुका।
"अब लगता है मुझे खुद समझ नहीं आ रहा मैं किस चीज़ के पीछे हूँ।"
मीरा कुछ देर उसे देखती रही।
फिर बोली—
"ये अच्छा है।"
राघव ने आश्चर्य से पूछा—
"क्या?"
"कि तुम्हें पहली बार ये दिख रहा है।"
राघव कुछ नहीं बोला।
उसी समय अंदर से आरव की आवाज़ आई—
"पापा!"
राघव अंदर गया।
आरव ने अपनी कॉपी दिखाई।
उसने एक चित्र बनाया था।
एक घर।
उसके सामने तीन लोग।
और थोड़ा दूर एक बहुत बड़ी इमारत।
राघव ने पूछा—
"ये क्या है?"
आरव ने कहा—
"हमारा घर।"
राघव मुस्कुराया।
"और ये बड़ी वाली?"
आरव ने कहा—
"वो जहाँ आप जाते हो।"
राघव ने पूछा—

"इतनी बड़ी क्यों बनाई?"

आरव ने बहुत सामान्य तरीके से कहा—

"क्योंकि वो हमेशा जीत जाती है।"

कमरे में कुछ सेकंड तक कोई नहीं बोला।

राघव ने धीरे से कॉपी वापस कर दी।

रात को खाना खाते समय भी वह बात उसके दिमाग में रही।

इतनी बड़ी क्योंकि वो हमेशा जीत जाती है।

बच्चे अक्सर चीज़ें देखकर निष्कर्ष नहीं निकालते।

वे पैटर्न देखकर निकालते हैं।

और अगर उसके बेटे को ऐसा लगने लगा था—

तो इसका मतलब यह भावना घर में बहुत समय से घूम रही थी।

अगली सुबह एक आधिकारिक पत्र आया।

राघव ने खोला।

इस बार भाषा अलग थी।

उसे सूचना दी गई थी कि अभिलेख उपलब्ध न होने के कारण शिकायत की प्रक्रिया अस्थायी रूप से रोकी जा रही है और आगे की सूचना तक प्रतीक्षा की जाए।

बस।

कोई नई तारीख नहीं।

कोई वैकल्पिक प्रक्रिया नहीं।

कोई समय नहीं।

राघव बहुत देर तक कागज़ देखता रहा।

फिर उसने उसे मोड़ा।

अलमारी में नहीं रखा।

फाड़ा भी नहीं।

बस मेज पर रख दिया।

मीरा ने पूछा—

"क्या लिखा है?"

उसने पत्र दे दिया।

मीरा ने पढ़ा।

कुछ सेकंड बाद पूछा—

"अब?"

राघव ने कुर्सी पर बैठते हुए कहा—

"अब कुछ नहीं।"

"मतलब?"

"मतलब... अब मेरी तरफ से कुछ नहीं।"

मीरा उसे देखती रही।

उसने पूछा—

"ये हार है?"

राघव ने सिर हिलाया।

"नहीं।"

कुछ देर बाद बोला—

"ये बीच में लटका दिया जाना है।"

उस दिन उसने कहीं जाने की कोशिश नहीं की।

कोई कॉल नहीं किया।

कोई आवेदन नहीं लिखा।

शाम को वह आरव को लेकर छत पर चला गया।

आरव आसमान देख रहा था।

अचानक उसने पूछा—

"पापा, बड़े लोग गलत होते हैं तो कौन डाँटता है?"

राघव ने उसकी तरफ देखा।

और बहुत देर तक कोई जवाब नहीं दे पाया।

फिर उसने कहा—

"कभी-कभी... कोई नहीं।"

आरव ने पूछा—

"फिर वो बदलते कैसे हैं?"

राघव ने ऊपर देखा।

बहुत धीरे बोला—

"शायद... बहुत देर से।"

उस रात जब सब सो गए तो राघव अकेले बैठा रहा।

फिर उसने अलमारी खोली।

फाइल निकाली।

लेकिन इस बार कागज़ देखने के लिए नहीं।

उसने पीछे से एक खाली कॉपी निकाली।

पहले पन्ने पर लिखा—

"जो हुआ उसका रिकॉर्ड।"

और लिखना शुरू किया।

तारीख नहीं।

फैसला नहीं।

बस—

कहाँ गया।

किसने क्या कहा।

कितना इंतजार हुआ।

क्योंकि शायद पहली बार—

उसे न्याय से ज्यादा डर भूल जाने का लगने लगा था।

उस कॉपी में लिखना शुरू करने के बाद राघव के दिन थोड़े बदल गए। बाहर से देखने पर लगता था उसने लड़ाई धीमी कर दी है, लेकिन भीतर एक दूसरी चीज़ शुरू हो गई थी। अब वह हर बात लिखता। किस दिन कौन मिला। किसने क्या कहा। किस कमरे में कितनी देर बैठा। किस आवेदन पर क्या जवाब मिला। किस तारीख को कौन सा रिकॉर्ड "उपलब्ध नहीं" था। उसने लिखना किसी शिकायत की तरह नहीं शुरू किया था। शुरुआत में यह सिर्फ याद रखने के लिए था। लेकिन धीरे-धीरे उसे एहसास हुआ कि जो बातें उसे सामान्य लगने लगी थीं, अगर उन्हें एक साथ पढ़ो तो वे सामान्य नहीं लगतीं।

कुछ दिन तक उसने कहीं कोई नया आवेदन नहीं दिया।

मीरा ने नोटिस किया।

एक शाम उसने पूछा—

"अब नहीं जाओगे?"

राघव ने कहा—

"जाऊँगा।"

"कब?"

"जब बुलाएँगे।"

मीरा ने पूछा—

"और अगर नहीं बुलाया?"

राघव कुछ देर चुप रहा।

फिर बोला—

"तो शायद नहीं जाऊँगा।"

मीरा ने उसकी तरफ देखा।

“ये वही आदमी बोल रहा है जो चार साल तक खुद जाता रहा?”

राघव हल्का मुस्कुराया।

“शायद नहीं।”

मीरा कुछ देर उसे देखती रही।

फिर बहुत धीरे बोली—

“मुझे ये वाला ज्यादा डरावना लग रहा है।”

राघव ने पूछा—

“क्यों?”

वह बोली—

“पहले तुम लड़ रहे थे। अब तुम हिसाब रख रहे हो।”

उसने कोई जवाब नहीं दिया।

उस रात उसने कॉपी में एक लाइन और लिखी—

“जब उम्मीद कम होती है तो आदमी सबूत इकट्ठा करने लगता है।”

दिन गुजरते गए। घर थोड़ा शांत होने लगा। आरव के स्कूल कार्यक्रम की तारीख आ गई। कई दिनों से वह उसी की तैयारी कर रहा था। घर में लंबे समय बाद किसी दूसरी चीज़ की बात हो रही थी। उसने अपने संवाद याद किए, कपड़े तैयार किए, बार-बार आईने में देखकर अभ्यास किया। वह हर थोड़ी देर में पूछता—

“पापा आओगे न?”

और हर बार राघव कहता—

“हाँ।”

कार्यक्रम वाले दिन सुबह अलग थी। बहुत दिनों बाद घर में फाइल नहीं खुली। मीरा तैयार हो रही थी। आरव उत्साहित था। राघव भी जाने की तैयारी कर रहा था।

तभी उसका फोन बजा।

अनजान नंबर नहीं।

आधिकारिक नंबर।

उसने उठाया।

दूसरी तरफ आवाज़ आई—

“आपको आज उपस्थित होना है।”

राघव कुछ सेकंड चुप रहा।

“आज?”

“हाँ।”

“लेकिन प्रक्रिया तो रुकी थी।”

"अब आगे बढ़ानी है।"
"सूचना कब भेजी?"
"भेज दी गई होगी।"
"मुझे नहीं मिली।"
कुछ सेकंड चुप्पी।
फिर जवाब आया—
"आज नहीं आए तो अनुपस्थिति दर्ज होगी।"
कॉल कट गया।
कमरे में कुछ सेकंड कोई नहीं बोला।
मीरा ने पूछा—
"क्या हुआ?"
राघव ने फोन नीचे रखा।
कुछ नहीं बोला।
उसने फिर पूछा—
"क्या हुआ?"
राघव ने बहुत धीरे कहा—
"आज बुलाया है।"
मीरा कुछ सेकंड तक उसे देखती रही।
फिर पूछा—
"आज?"
उसने सिर हिलाया।
दोनों जानते थे आज क्या है।
आरव अंदर से दौड़कर आया।
"चलें?"
कोई जवाब नहीं।
उसने फिर पूछा—
"क्या हुआ?"
मीरा ने उसकी तरफ देखा।
राघव खड़ा था।
एक तरफ चार साल।
एक तरफ एक स्कूल कार्यक्रम।
बाहर से फैसला आसान लगता था।

अंदर नहीं था।
कुछ सेकंड बाद राघव आरव के पास गया।
घुटनों पर बैठा।
पूछा—
"कार्यक्रम कितनी देर का है?"
आरव खुश होकर बताने लगा।
फिर उसने पूछा—
"अगर मैं थोड़ा देर से आऊँ तो?"
आरव का चेहरा कुछ बदला।
उसने पूछा—
"फिर काम?"
राघव कुछ नहीं बोला।
आरव कुछ सेकंड उसे देखता रहा।
फिर बोला—
"ठीक है।"
बस इतना।
और वही सबसे मुश्किल था।
क्योंकि बच्चे कई बार मान जाते हैं।
लेकिन याद रखते हैं।
राघव बाहर निकल गया।
रास्ते भर वह फोन देखता रहा।
उसे बार-बार लग रहा था वह वापस मुड़ जाए।
लेकिन वह गया।
वहाँ पहुँचने के बाद उसे बैठाया गया।
एक घंटा।
दो घंटे।
कोई नहीं बुलाया।
फिर उसने पूछा—
"मुझे बुलाया था।"
उत्तर मिला—
"इंतजार कीजिए।"
तीन घंटे।

चार घंटे।
फिर उसे बताया गया—
"आज प्रक्रिया नहीं हो पाएगी।"
राघव कुछ सेकंड तक उसे देखता रहा।
उसने पूछा—
"मुझे बुलाया क्यों?"
उत्तर—
"ऊपर से सूची आई थी।"
"अगली तारीख?"
"बाद में।"
राघव बहुत देर तक खड़ा रहा।
फिर बाहर निकल गया।
उसने समय देखा।
कार्यक्रम खत्म हो चुका था।
घर पहुँचकर दरवाज़ा खोला।
घर शांत था।
मीरा रसोई में थी।
आरव कमरे में बैठा था।
उसके कपड़े अभी भी कार्यक्रम वाले थे।
राघव उसके पास गया।
"कैसा हुआ?"
आरव ने बिना ऊपर देखे कहा—
"ठीक।"
"वीडियो बनाया?"
"हाँ।"
कुछ सेकंड चुप्पी।
फिर उसने पूछा—
"काम हो गया?"
राघव ने कहा—
"नहीं।"
आरव ने सिर हिलाया।
और बहुत सामान्य आवाज़ में कहा—

"कोई बात नहीं।"

फिर थोड़ा रुककर बोला—

"मैंने स्टेज से देखा था।"

राघव ने पूछा—

"क्या?"

आरव ने पहली बार उसकी तरफ देखा।

"आप नहीं आए।"

राघव कुछ नहीं बोला।

उस रात उसने कॉपी खोली।

बहुत देर तक खाली पन्ना देखा।

फिर लिखा—

"आज पहली चीज़ जो इस केस ने मुझसे ली—वह समय नहीं था।"

उस रात लिखने के बाद भी राघव ने कॉपी बंद नहीं की। वह बहुत देर तक उसी पन्ने को देखता रहा। "आज पहली चीज़ जो इस केस ने मुझसे ली—वह समय नहीं था।" यह लिखते समय उसे लगा था वह कुछ बड़ा लिख रहा है, लेकिन कुछ देर बाद उसे महसूस हुआ कि शायद यह बात नई भी नहीं थी। उसने चार साल में पहले भी बहुत कुछ खोया था—त्योहार, यात्राएँ, खाली रविवार, बिना कारण हँसना, योजनाएँ। फर्क सिर्फ इतना था कि आज पहली बार उसे नुकसान दिखाई दिया था।

सुबह घर सामान्य था। या कम से कम सभी ऐसा दिखाने की कोशिश कर रहे थे।

आरव स्कूल जाने की तैयारी कर रहा था। उसने कार्यक्रम की कोई बात नहीं की। यही बात सबसे ज्यादा दिखाई दे रही थी। पहले वह किसी छोटी चीज़ के बाद भी बार-बार बताता था कि क्या हुआ। आज नहीं।

राघव उसके पास गया।

"वीडियो दिखाओगे?"

आरव ने कहा—

"शाम को।"

"अभी क्यों नहीं?"

उसने बैग उठाया।

"देर हो रही है।"

और चला गया।

दरवाज़ा बंद हुआ।

राघव कुछ सेकंड वहीं खड़ा रहा।

मीरा चुपचाप कप रख रही थी।

फिर उसने पूछा—

"कैसा लग रहा है?"

राघव ने पूछा—

"किस बारे में?"

मीरा ने उसकी तरफ देखे बिना कहा—

"तारीख छूटने से नहीं।"

कुछ सेकंड चुप्पी।

फिर बोली—

"कार्यक्रम छूटने से।"

राघव ने जवाब नहीं दिया।

मीरा ने कहा—

"जब इंसान किसी चीज़ को बहुत लंबे समय तक बचाने में लगा रहता है... तब कई बार उसे देर से पता चलता है कि बाकी चीज़ें कब चली गईं।"

राघव कुछ नहीं बोला।

उस दिन वह कहीं नहीं गया।

उसने फाइल भी नहीं खोली।

वह बस बैठा रहा।

दोपहर में उसने अलमारी खोली और पुराने फोटो निकाले। बहुत पुराने नहीं। चार-पाँच साल पहले के। एक फोटो में तीनों कहीं बैठे थे। एक में आरव छोटा था। एक में राघव मुस्कुरा रहा था।

उसे देखकर वह कुछ सेकंड रुका।

उसे याद नहीं था वह आखिरी बार बिना वजह कब हँसा था।

शाम को आरव स्कूल से लौटा।

बैग रखा।

खाना खाया।

फिर खुद ही फोन लेकर आया।

"देखोगे?"

राघव ने फोन लिया।

वीडियो चला।

मंच था।

बच्चे खड़े थे।
आरव अपनी लाइन बोल रहा था।
फिर एक जगह वीडियो हिला।
किसी ने पीछे से कहा—
“उसके पापा नहीं आए क्या?”
वीडियो में आवाज़ साफ नहीं थी।
लेकिन सुनाई दे गई।
कुछ सेकंड बाद आरव मंच पर थोड़ा इधर-उधर देखता दिखाई दिया।
फिर उसने संवाद बोला।
वीडियो खत्म हो गया।
कमरे में कुछ देर कोई आवाज़ नहीं थी।
राघव ने फोन वापस किया।
पूछा—
“अच्छा किया।”
आरव ने सिर हिलाया।
फिर बहुत सामान्य तरीके से पूछा—
“अगली बार आओगे?”
राघव ने तुरंत कहा—
“हाँ।”
आरव ने पूछा—
“पक्का?”
राघव कुछ सेकंड चुप रहा।
फिर बोला—
“कोशिश नहीं... आऊँगा।”
आरव ने सिर हिलाया।
और चला गया।
उसके जाने के बाद मीरा बहुत देर तक कुछ नहीं बोली।
फिर उसने पूछा—
“राघव...”
“हूँ?”
“तुम्हें पता है न...”
वह रुकी।

"ये केस अभी खत्म नहीं होगा।"
राघव ने धीरे से कहा—
"हाँ।"
मीरा ने पूछा—
"फिर?"
राघव ने पहली बार बिना सोचे कहा—
"तो शायद मुझे जीना सीखना पड़ेगा इसके साथ।"
मीरा उसकी तरफ देखने लगी।
उसने पूछा—
"और अगर ये कभी खत्म ही नहीं हुआ?"
राघव बहुत देर तक चुप रहा।
फिर बोला—
"तो मुझे ये तय करना होगा कि मैं खत्म होता हूँ या नहीं।"
रात को लगभग दस बजे दरवाज़ा खटखटाया गया।
राघव ने खोला।
बाहर कोई नहीं था।
नीचे एक आधिकारिक लिफाफा पड़ा था।
उसने उठाया।
खोला।
अंदर एक नोटिस था।
उसकी शिकायत पर आगे की प्रक्रिया के लिए नहीं।
बल्कि—
उसके मूल मामले के कुछ दस्तावेज़ दोबारा जमा करने के लिए।
वही दस्तावेज़।
जो वह पहले चार बार दे चुका था।
राघव बहुत देर तक कागज़ देखता रहा।
फिर उसने अलमारी खोली।
फाइल निकाली।
मेज पर रखी।
लेकिन इस बार उसने उसे खोला नहीं।
बस उसके ऊपर हाथ रखा।
और पहली बार—

उसे लगा जैसे वह किसी कागज़ को नहीं,

एक बहुत पुराने घाव को छू रहा हो।

उस नोटिस के आने के बाद घर में किसी ने तुरंत कुछ नहीं कहा। पहले के दिनों में ऐसा होता था कि नया कागज़ आते ही चर्चा शुरू हो जाती थी—क्या करना है, कब जाना है, कौन सा दस्तावेज़ निकालना है। इस बार नहीं हुआ। कागज़ मेज पर पड़ा रहा। राघव कुर्सी पर बैठा रहा। मीरा ने खाना बनाया। आरव पढ़ाई करता रहा। घर चलता रहा। जैसे उस कागज़ को अभी अस्तित्व नहीं दिया गया हो।

रात को खाना खाने के बाद मीरा ने नोटिस उठाया। ध्यान से पढ़ा। फिर बिना कोई भाव बदले पूछा—

"ये वही हैं?"

राघव ने सिर हिलाया।

"सब?"

"हाँ।"

"जो पहले दे चुके हो?"

"हाँ।"

मीरा ने कागज़ नीचे रखा।

कुछ सेकंड बाद बोली—

"अगर तुम फिर दे दोगे... तो क्या होगा?"

राघव ने कहा—

"शायद प्रक्रिया चले।"

"और अगर फिर माँग लिए?"

राघव चुप।

मीरा ने पूछा—

"और फिर?"

राघव ने जवाब नहीं दिया।

मीरा ने पहली बार थोड़ा अलग स्वर में कहा—

"मैं इसलिए नहीं पूछ रही कि मत दो।"

राघव उसकी तरफ देखने लगा।

वह बोली—

"मैं पूछ रही हूँ कि तुम्हारे अंदर इसकी कोई सीमा है या नहीं।"

कमरे में कुछ सेकंड शांति रही।

फिर राघव ने बहुत धीरे कहा—

"पहले थी।"

"अब?"

उसने नीचे देखा।

"अब पता नहीं।"

उस रात उसने फाइल निकाली।

सारे दस्तावेज़ फिर फैलाए।

चार बार जमा किए गए प्रमाण।

रसीदें।

मुहरें।

स्वीकृति पर्चियाँ।

कुछ कागज़ों पर इतने निशान थे कि असली तारीख पहचानना मुश्किल था।

वह एक-एक करके देखने लगा।

लेकिन इस बार दस्तावेज़ ढूँढते हुए उसका ध्यान एक दूसरी चीज़ पर गया।

एक पुरानी रसीद।

चार साल पुरानी।

उस दिन की।

जब उसने पहली बार आवेदन दिया था।

उसने उसे उठाकर बहुत देर तक देखा।

उसे याद आया—

उस दिन वह कितना हल्का था।

उसे सच में लगता था कि दो-तीन महीने में काम हो जाएगा।

उसने उस दिन घर लौटकर मिठाई भी लाई थी।

उसे यह बात याद आते ही अचानक अजीब लगा।

चार साल पहले वह आदमी कहीं खो गया था।

सुबह उसने दस्तावेज़ समेटे।

मीरा ने पूछा—

"जाओगे?"

राघव ने कहा—

"हाँ।"

वह तैयार हुआ।

दरवाज़े तक पहुँचा।

फिर वापस लौटा।

आरव स्कूल जाने की तैयारी कर रहा था।
राघव ने पूछा—
"आज कब आओगे?"
आरव ने कहा—
"तीन बजे।"
"कुछ करना है शाम को?"
आरव ने सोचा।
फिर बोला—
"नहीं।"
राघव ने कहा—
"ठीक।"
और चला गया।
इस बार वह जल्दी पहुँचा।
लाइन लगी।
काउंटर आया।
उसने दस्तावेज़ दिए।
सामने बैठे आदमी ने देखा।
फिर पूछा—
"ये पहले जमा किए हैं?"
राघव ने कुछ सेकंड उसे देखा।
फिर कहा—
"चार बार।"
उस आदमी ने कंप्यूटर देखा।
कुछ देर बाद बोला—
"रिकॉर्ड में नहीं दिख रहे।"
राघव चुप।
उसने पूछा—
"रसीद है?"
राघव ने चार रसीदें सामने रख दीं।
आदमी कुछ देर देखता रहा।
फिर बोला—
"अच्छा... जमा हुए थे।"

राघव ने पूछा—

“तो फिर दोबारा क्यों?”

उसने कहा—

“सिस्टम में उपलब्ध नहीं हैं।”

राघव ने बहुत धीरे पूछा—

“मतलब आपने लिए थे... फिर खो दिए... अब मैं फिर दूँ?”

उस आदमी ने कोई जवाब नहीं दिया।

बस बोला—

“जमा कर दीजिए।”

राघव कुछ सेकंड तक खड़ा रहा।

फिर उसने दस्तावेज़ वापस अपनी तरफ खींच लिए।

आदमी ने पूछा—

“क्या हुआ?”

राघव ने पहली बार बिना गुस्से के पूछा—

“अगर मैं फिर दूँ... तो आप कैसे साबित करेंगे कि अगली बार फिर नहीं खोएँगे?”

आदमी चुप।

राघव ने फिर पूछा—

“कहीं लिखकर देंगे?”

कोई जवाब नहीं।

कुछ लोग पीछे देखने लगे।

आदमी ने कहा—

“प्रक्रिया यही है।”

राघव ने बहुत धीरे सिर हिलाया।

फिर दस्तावेज़ वापस रख दिए।

और कहा—

“ठीक है। जमा कर दीजिए।”

रसीद मिली।

वह बाहर निकल आया।

सीढ़ियों पर बैठ गया।

आज गुस्सा नहीं था।

थकान भी नहीं।

बस एक अजीब सी खाली जगह थी।
उसे अचानक समझ आया—
कई बार व्यवस्था तुम्हें इसलिए नहीं हराती कि तुम गलत हो।
वह बस तुम्हें इतना दोहराती है कि तुम खुद ही पूछना छोड़ दो।
वह घर लौटा।
आज थोड़ा जल्दी।
तीन बजे।
आरव भी आ चुका था।
वह हैरान होकर बोला—
"आज जल्दी?"
राघव ने कहा—
"चलो बाहर।"
आरव खुश हो गया।
मीरा ने पूछा—
"कहाँ?"
राघव ने कहा—
"बस।"
तीनों बाहर गए।
बहुत दूर नहीं।
बस थोड़ा चले।
कुछ खाया।
आरव बातें करता रहा।
मीरा चुप थी।
घर लौटते समय उसने पूछा—
"काम हो गया?"
राघव ने कहा—
"नहीं।"
मीरा ने पूछा—
"फिर भी जल्दी लौट आए?"
राघव ने कुछ सेकंड सोचा।
फिर बोला—
"आज पहली बार लगा... अगर हर बार वो मेरा समय लेते रहेंगे..."

वह रुका।

और बहुत धीरे कहा—

"तो मैं सब कुछ उन्हें क्यों दूँ?"

मीरा उसकी तरफ देखती रही।

उसने कुछ नहीं कहा।

लेकिन बहुत दिनों बाद—

उसके चेहरे पर हल्की सी राहत दिखाई दी।

उस दिन के बाद कुछ छोटे बदलाव होने लगे। इतने छोटे कि बाहर से देखने पर कुछ भी अलग नहीं लगता था, लेकिन घर के भीतर उनका असर था। राघव अब भी मामला छोड़ नहीं रहा था, लेकिन उसने पहली बार अपनी जिंदगी को पूरी तरह उसके हवाले करना थोड़ा कम किया। वह हर दिन फाइल नहीं खोलता था। हर फोन तुरंत नहीं उठाता था। कुछ शामें उसने घर पर बिताईं। एक दिन आरव के साथ बैठकर होमवर्क कराया। एक दिन मीरा के साथ बाजार गया। और हर बार उसे अजीब लगता था—जैसे वह कोई गलत काम कर रहा हो। जैसे अगर वह दो घंटे घर को दे देगा तो उसका मामला उससे नाराज़ हो जाएगा।

लेकिन एक चीज़ नहीं बदली।

वह कॉपी।

रोज रात वह उसमें कुछ लिखता।

कभी एक लाइन।

कभी दो पन्ने।

कभी सिर्फ तारीख।

धीरे-धीरे लिखना आदत नहीं रहा।

वह गवाही जैसा लगने लगा।

एक रात उसने लिखा—

"आज समझ आया कि देरी सिर्फ फैसले में नहीं होती। देरी इंसान को अपने जीवन में वापस लौटने में भी होती है।"

लगभग दो हफ्ते निकल गए।

कोई कॉल नहीं।

कोई नोटिस नहीं।

कोई संदेश नहीं।

पहले राघव इस चुप्पी से डरता था।

अब उसे यह चुप्पी और ज्यादा संदिग्ध लगने लगी।

क्योंकि पिछले कुछ महीनों में उसने सीखा था—

जब बहुत देर तक कुछ न हो रहा हो, तब भी कुछ हो रहा होता है।

एक दोपहर वह घर पर था। मीरा कपड़े तह कर रही थी। तभी दरवाज़े पर दस्तक हुई।

एक आदमी खड़ा था।

साधारण कपड़े।

हाथ में एक फाइल।

उसने पूछा—

"राघव जी?"

"जी।"

उसने एक लिफाफा दिया।

"हस्ताक्षर कर दीजिए।"

राघव ने पूछा—

"क्या है?"

उसने कहा—

"नोटिस।"

राघव ने हस्ताक्षर किए।

दरवाज़ा बंद किया।

लिफाफा खोला।

इस बार भाषा अलग थी।

उसे सूचित किया गया था कि उसके मूल मामले में प्रस्तुत अभिलेखों और शिकायत प्रक्रिया के बीच कुछ विसंगतियाँ पाई गई हैं, इसलिए उसकी ओर से प्रस्तुत दस्तावेज़ों के सत्यापन तक आगे की प्रक्रिया स्थगित रहेगी।

राघव बहुत देर तक पढ़ता रहा।

फिर दोबारा पढ़ा।

फिर तीसरी बार।

मीरा ने पूछा—

"क्या हुआ?"

उसने कागज़ उसकी तरफ बढ़ा दिया।

मीरा ने पढ़ा।

कुछ सेकंड बाद उसने सिर उठाया।

"मतलब?"

राघव ने बहुत शांत आवाज़ में कहा—

"अब मेरे कागज़ जाँचे जाएँगे।"

मीरा समझ नहीं पाई।

"लेकिन..."

राघव हल्का हँसा।

"जिन कागज़ों को चार साल तक किसी ने देखा नहीं... अब वही संदिग्ध हो गए।"

कुछ देर कोई कुछ नहीं बोला।

फिर मीरा ने पूछा—

"अब?"

राघव कुर्सी पर बैठ गया।

"जाऊँगा।"

"फिर?"

"समझूँगा।"

अगले दिन वह गया।

इस बार उसे पहले से अलग कमरे में भेजा गया।

कमरा छोटा था।

सामने दो लोग बैठे थे।

एक ने फाइल खोली।

दूसरे ने पूछा—

"ये दस्तावेज़ आपने दिए?"

"जी।"

"इनकी प्रतियाँ आपके पास हैं?"

"जी।"

"ये पहले जमा हुए थे?"

"जी।"

उसने पूछा—

"साबित कर सकते हैं?"

राघव ने रसीदें सामने रख दीं।

उन्होंने देखा।

कुछ नोट किया।

फिर उनमें से एक ने पूछा—

"आपने शिकायत क्यों की?"
राघव कुछ सेकंड चुप रहा।
फिर बोला—
"क्योंकि मुझे लगा कुछ गलत है।"
उसने पूछा—
"और अगर कुछ गलत न निकला तो?"
राघव ने उसकी तरफ देखा।
"तो कम से कम मुझे ये पता होगा कि मैंने पूछा था।"
कुछ देर चुप्पी रही।
फिर दूसरा आदमी बोला—
"आप समझते हैं इस तरह की शिकायतों से काम धीमा हो सकता है?"
राघव ने पूछा—
"मेरा काम तेज था?"
कमरे में कुछ सेकंड शांति रही।
उन्होंने कोई जवाब नहीं दिया।
बैठक खत्म हुई।
जाते-जाते एक आदमी ने कहा—
"आगे सूचना दी जाएगी।"
राघव दरवाज़े तक गया।
फिर रुका।
मुड़ा।
और पहली बार उसने सवाल नहीं पूछा।
उसने सिर्फ कहा—
"एक बात बताइए।"
वे दोनों उसकी तरफ देखने लगे।
राघव ने पूछा—
"अगर मैं ये शिकायत नहीं करता..."
वह रुका।
"तो क्या मेरा मामला कभी आगे बढ़ता?"
कमरे में कुछ सेकंड चुप्पी रही।
फिर उनमें से एक ने कहा—
"हम इस पर टिप्पणी नहीं कर सकते।"

राघव ने सिर हिलाया।

और बाहर निकल गया।

घर लौटते समय उसके पास कोई जवाब नहीं था।

लेकिन पहली बार उसे एक और चीज़ समझ आई।

व्यवस्था हमेशा आदमी से यह नहीं कहती कि तुम गलत हो।

कई बार वह सिर्फ इतना करती है—

कि आदमी खुद से पूछने लगे—

क्या मुझे सवाल पूछना ही नहीं चाहिए था?

उस दिन के बाद राघव कुछ दिनों तक असामान्य रूप से शांत रहा। पहले जब भी कोई नया मोड़ आता था तो वह ज्यादा सक्रिय हो जाता था—कागज़ निकालना, नोट्स बनाना, लोगों से पूछना, इधर-उधर जाना। इस बार उसने कुछ नहीं किया। वह रोज की तरह उठता, काम करता, शाम को लौटता और रात में कॉपी में लिख देता। मीरा देख रही थी कि उसके भीतर कुछ बदल रहा है। यह हार जैसा नहीं था। बल्कि जैसे कोई आदमी बहुत देर तक दौड़ने के बाद अचानक चलना शुरू कर दे।

एक रात जब वह लिख रहा था तो मीरा उसके पास आकर बैठ गई।

उसने पूछा—

"क्या लिखते हो?"

राघव ने कॉपी बंद कर दी।

"कुछ नहीं।"

मीरा ने हाथ आगे बढ़ाया।

"दिखाओ।"

राघव कुछ सेकंड उसे देखता रहा।

फिर कॉपी दे दी।

मीरा पढ़ने लगी।

उसमें तारीखें थीं।

घटनाएँ थीं।

किसने क्या कहा।

कहाँ कितनी देर इंतजार हुआ।

और बीच-बीच में कुछ लाइनें।

एक जगह लिखा था—

"जिस दिन मुझे अपने कागज़ों पर शक करवाया गया, उस दिन पहली बार लगा कि सच भी थकता होगा।"

एक जगह—

"आज कोई फैसला नहीं हुआ, लेकिन घर लौटने में देर नहीं की।"

और एक जगह—

"अगर मैं भूल गया तो शायद यही सबसे बड़ी हार होगी।"

मीरा बहुत देर तक पढ़ती रही।

फिर कॉपी बंद कर दी।

उसने पूछा—

"ये क्यों लिख रहे हो?"

राघव ने जवाब देने में समय लिया।

"पहले लगता था एक दिन सब ठीक होगा।"

वह रुका।

"अब लगता है... अगर नहीं हुआ तो कम से कम मुझे याद रहेगा कि हुआ क्या था।"

मीरा कुछ देर उसे देखती रही।

फिर उसने बहुत धीरे पूछा—

"और अगर ये कॉपी खत्म हो गई?"

राघव हल्का मुस्कुराया।

"तो दूसरी ले लूँगा।"

मीरा ने सिर हिलाया।

फिर बोली—

"नहीं।"

राघव उसकी तरफ देखने लगा।

वह बोली—

"अगर ये कॉपी खत्म हो गई... तो इसका मतलब बहुत समय हो गया होगा।"

कमरे में कुछ देर चुप्पी रही।

अगले कुछ दिनों तक कुछ नहीं हुआ।

इतना कुछ नहीं हुआ कि घर में सामान्यता लौटने लगी।

राघव ने एक पुरानी आदत वापस शुरू कर दी—शाम को छत पर जाना।

आरव साथ बैठ जाता।

कभी बातें होतीं, कभी नहीं।

एक शाम आरव ने पूछा—

"पापा, ये काम वाला मामला कब से चल रहा है?"

राघव ने सोचा।
फिर कहा—
"बहुत समय से।"
आरव ने पूछा—
"मेरे पैदा होने से पहले?"
राघव ने कहा—
"नहीं।"
आरव ने पूछा—
"तो फिर मुझे क्यों लगता है ये हमेशा से था?"
राघव ने उसकी तरफ देखा।
उसने जवाब नहीं दिया।
क्योंकि बच्चे समय नहीं गिनते।
वे माहौल याद रखते हैं।
तीन दिन बाद एक कॉल आया।
आधिकारिक।
राघव ने उठाया।
दूसरी तरफ आवाज़ आई—
"आपको उपस्थित होना है।"
राघव कुछ सेकंड चुप रहा।
"किसलिए?"
"आपके मामले और शिकायत दोनों पर चर्चा होगी।"
उसने पूछा—
"कब?"
तारीख बताई गई।
इस बार तारीख करीब थी।
कॉल खत्म हो गया।
राघव बहुत देर तक फोन देखता रहा।
मीरा ने पूछा—
"क्या हुआ?"
उसने बताया।
मीरा कुछ सेकंड चुप रही।
फिर पूछा—

“जाओगे?”

राघव ने कहा—

“हाँ।”

“उम्मीद है?”

राघव ने बहुत धीरे सिर हिलाया।

“नहीं।”

मीरा ने पूछा—

“फिर क्यों?”

राघव कुछ देर सोचता रहा।

फिर बोला—

“क्योंकि अब मुझे जवाब चाहिए।”

“फैसला?”

“नहीं।”

वह रुका।

“बस इतना कि ये चल क्या रहा है।”

जिस दिन जाना था, वह अकेला गया।

कमरे में इस बार पहले से ज्यादा लोग थे।

उसकी फाइल खुली थी।

कुछ लोग नोट्स देख रहे थे।

उससे सवाल हुए।

दस्तावेज़ों पर बात हुई।

शिकायत पर बात हुई।

फिर काफी देर बाद उनमें से एक ने कहा—

“आपको समझना चाहिए कि कुछ मामलों में समय लगता है।”

राघव ने पहली बार बहुत शांत स्वर में पूछा—

“कितना?”

उन्होंने कहा—

“कहना कठिन है।”

राघव ने पूछा—

“साल?”

कोई जवाब नहीं।

उसने पूछा—

"दशक?"

चुप्पी।

कुछ सेकंड बाद उसने बहुत धीरे पूछा—

"और अगर उस समय तक कोई आदमी न रहे तो?"

कमरे में कोई जवाब नहीं आया।

राघव ने फिर कहा—

"तब क्या मामला खत्म माना जाता है?"

इस बार एक आदमी ने कहा—

"ऐसी बात नहीं है।"

राघव ने सिर हिलाया।

फिर पूछा—

"तो फिर किसके लिए चल रहा होता है?"

कमरे में फिर चुप्पी।

बैठक खत्म हुई।

जाते-जाते उसे सिर्फ एक बात कही गई—

"प्रक्रिया जारी है।"

वह बाहर निकल आया।

सीढ़ियों से उतरते समय उसे अचानक बहुत थकान महसूस हुई।

गुस्सा नहीं।

हार नहीं।

बस थकान।

और उसी समय उसने पहली बार सोचा—

अगर किसी दिन फैसला आया...

तो क्या उसके पास उसे महसूस करने की ताकत बची होगी?

उस दिन घर लौटते समय राघव ने जल्दी नहीं की। पहले हर बार वह बाहर निकलते ही फोन देखता था, नोट्स बनाता था, बातों को याद करता था। आज नहीं। वह धीरे-धीरे चला। रास्ते में लोग थे। दुकानें थीं। कुछ लोग हँस रहे थे। किसी ने सब्ज़ी खरीदी, किसी ने किसी को फोन किया। उसे अचानक लगा कि दुनिया का सबसे अजीब हिस्सा यही है—किसी की जिंदगी किसी एक मामले में अटक सकती है और बाकी दुनिया को पता भी नहीं चलता।

घर पहुँचा तो दरवाज़ा खुला था।

अंदर से हँसी की आवाज़ आ रही थी।

आरव और मीरा कुछ देख रहे थे।

राघव कुछ सेकंड दरवाज़े पर ही खड़ा रहा।

उसे एहसास हुआ—

वह कुछ मिनटों के लिए भूल गया था कि उसका मामला चल रहा है।

और उसे इस बात पर अपराध जैसा महसूस हुआ।

आरव ने उसे देखा।

"आ गए!"

वह दौड़कर आया।

"देखो मैंने क्या बनाया।"

उसने कॉपी दिखाई।

इस बार चित्र नहीं था।

एक निबंध था।

ऊपर लिखा था—

"मेरा परिवार"

राघव बैठ गया।

आरव पढ़ने लगा—

"मेरे परिवार में तीन लोग हैं..."

वह पढ़ता गया।

फिर एक जगह आया—

"मेरे पापा बहुत मेहनत करते हैं। उन्हें हमेशा कहीं जाना पड़ता है। लेकिन जब वो घर पर होते हैं तो अच्छा लगता है..."

राघव सुनता रहा।

फिर आरव पढ़ता गया—

"मेरी मम्मी सब संभाल लेती हैं..."

और फिर आख़िर में—

"मैं बड़ा होकर जल्दी काम करूँगा ताकि मेरे घर में कोई बहुत लंबे समय तक इंतजार न करे।"

कमरे में कुछ सेकंड कोई नहीं बोला।

आरव खुश था।

उसे नहीं पता था उसने क्या लिखा है।

राघव ने पूछा—

"ये किसने सिखाया?"

आरव ने कहा—
"खुद लिखा।"
फिर बहुत सामान्य तरीके से पूछा—
"अच्छा नहीं है क्या?"
राघव ने तुरंत कहा—
"बहुत अच्छा है।"
लेकिन उसकी आवाज़ वैसी नहीं थी।
रात को आरव सो गया।
मीरा बरामदे में बैठी थी।
राघव उसके पास गया।
कुछ देर दोनों चुप रहे।
फिर उसने पूछा—
"तुम कभी मुझसे नाराज़ हुई?"
मीरा ने उसकी तरफ देखा।
"किस बात पर?"
राघव ने कहा—
"इस सब पर।"
मीरा ने तुरंत जवाब नहीं दिया।
बहुत देर बाद बोली—
"पहले नहीं।"
राघव चुप।
वह आगे बोली—
"फिर हुई।"
राघव उसकी तरफ देखने लगा।
मीरा बोली—
"फिर समझ आया तुम जानबूझकर नहीं कर रहे।"
कुछ देर बाद उसने जोड़ा—
"अब डर लगता है।"
राघव ने पूछा—
"किस बात का?"
मीरा ने उसकी तरफ देखा।
और बहुत धीरे कहा—

"कि कहीं एक दिन ये सब खत्म हो जाए..."

राघव चुप।

वह बोली—

"और तब हमें पता चले कि जो समय गया... वो वापस नहीं आता।"

राघव कुछ नहीं बोला।

उस रात उसने कॉपी निकाली।

बहुत देर तक खाली पन्ना देखा।

फिर लिखा—

"आज पहली बार लगा कि देरी सिर्फ फैसले की नहीं होती। देरी आदमी को अपने लोगों के बीच लौटने में भी होती है।"

उसने कॉपी बंद की।

लेकिन इस बार वापस रखी नहीं।

कुछ देर बाद उसने दूसरा पन्ना खोला।

ऊपर लिखा—

"अगर ये मामला कल खत्म हो जाए..."

और नीचे लिखना शुरू किया—

मैं क्या करूँगा?

पहली लाइन लिखी—

आरव के साथ पूरा दिन बिताऊँगा।

दूसरी—

मीरा के साथ कहीं जाऊँगा।

तीसरी लिखने में बहुत देर लगी।

फिर उसने लिखा—

कुछ समय तक कोई कागज़ नहीं देखूँगा।

वह देर तक उसे देखता रहा।

फिर अचानक रुक गया।

उसने नीचे एक और लाइन लिखी—

अगर ये कभी खत्म ही न हुआ तो?

उसने कलम रोक दी।

बहुत देर तक कुछ नहीं लिखा।

फिर धीरे-धीरे एक लाइन और लिखी—

तब मुझे तय करना होगा कि मेरा जीवन इसका इंतजार करेगा... या इसके साथ चलेगा।

और उसी समय उसका फोन बजा।

एक संदेश आया।

अनजान नंबर नहीं।

आधिकारिक।

सिर्फ एक लाइन—

"आपकी शिकायत पर बाहरी कानूनी प्रतिनिधित्व की अनुमति दी जा सकती है। इच्छुक होने पर आवेदन करें।"

राघव बहुत देर तक स्क्रीन देखता रहा।

पहली बार—

चार साल में—

किसी कागज़ में एक नया शब्द आया था।

प्रतिनिधित्व।

और उसे नहीं पता था—

यह रास्ता था।

या रास्ते का एक और चक्कर।

उस संदेश के आने के बाद राघव ने तुरंत कोई प्रतिक्रिया नहीं दी। उसने फोन मेज पर रखा और काफी देर तक कुछ नहीं बोला। शब्द छोटे थे लेकिन असर बड़ा था—"बाहरी कानूनी प्रतिनिधित्व"। चार साल में उसने आवेदन दिए थे, प्रतीक्षा की थी, शिकायत की थी, स्पष्टीकरण माँगा था, लेकिन पहली बार किसी ने उसे यह नहीं कहा था कि इंतजार करो। पहली बार किसी ने संकेत दिया था कि कोई और भी उसके साथ खड़ा हो सकता है।

मीरा ने पूछा—

"क्या हुआ?"

राघव ने फोन उसकी तरफ बढ़ा दिया।

उसने पढ़ा।

कुछ सेकंड बाद पूछा—

"मतलब?"

राघव ने धीरे कहा—

"शायद... कोई बाहर का वकील ले सकते हैं।"

मीरा कुछ देर चुप रही।

फिर बोली—

“तुम लोगे?”

राघव ने जवाब नहीं दिया।

उसने फोन वापस लिया।

फिर पूछा—

“अगर लिया... तो क्या होगा?”

मीरा ने कहा—

“मुझे नहीं पता।”

फिर कुछ सेकंड बाद जोड़ा—

“लेकिन चार साल से जो हो रहा है... वो तो पता है।”

उस रात राघव देर तक जागता रहा। उसने पहली बार अपने कागज़ ऐसे नहीं देखे जैसे कोई पीड़ित देखता है। उसने उन्हें ऐसे देखा जैसे कोई किसी और को समझाने वाला हो। उसे एहसास हुआ कि चार साल की कहानी दस्तावेज़ों में नहीं थी। दस्तावेज़ सिर्फ तारीखें थे। असली कहानी इंतजार में थी।

अगले दिन उसने आवेदन कर दिया।

बहुत छोटा आवेदन।

कुछ पंक्तियाँ।

कोई बड़ी उम्मीद नहीं।

बस यह कि वह बाहरी प्रतिनिधित्व चाहता है।

आवेदन देकर लौटते समय उसे कोई खास बदलाव महसूस नहीं हुआ।

लेकिन शाम को एक कॉल आया।

आधिकारिक।

उसे बताया गया कि प्रारंभिक चर्चा के लिए उसे उपस्थित होना होगा।

और यह भी कि प्रतिनिधित्व के लिए उपलब्ध सूची से चयन किया जाएगा।

राघव गया।

कमरा अलग था।

इस बार वहाँ फाइलें कम थीं और लोग कम।

उसे बैठाया गया।

कुछ देर बाद एक आदमी अंदर आया।

उम्र लगभग चालीस से ऊपर।

साधारण कपड़े।

कंधे पर पुराना बैग।

उसने बैठते हुए फाइल नहीं खोली।
पहले पूछा—
"राघव?"
"जी।"
उसने सिर हिलाया।
"मैं आपका मामला देख सकता हूँ।"
राघव ने पूछा—
"आप वकील हैं?"
उसने कहा—
"हाँ।"
कुछ सेकंड चुप्पी रही।
फिर उसने पूछा—
"आप क्या चाहते हैं?"
राघव तैयार था कि वह पूछेगा मामला क्या है।
लेकिन उसने पूछा—
तुम क्या चाहते हो।
राघव कुछ सेकंड चुप रहा।
फिर बोला—
"न्याय।"
वकील ने सिर हिलाया।
"नहीं।"
राघव ने उसकी तरफ देखा।
वह बोला—
"ये शब्द बाद में बोलना।"
कुछ देर बाद पूछा—
"अभी क्या चाहते हो?"
राघव बहुत देर सोचता रहा।
फिर धीरे बोला—
"मुझे पता चले कि मेरे साथ क्या हुआ।"
वकील पहली बार हल्का सा मुस्कुराया।
उसने कहा—
"ठीक।"

फिर उसने फाइल खोली।
काफी देर तक पढ़ता रहा।
बीच-बीच में कुछ नोट्स लिखता रहा।
फिर उसने पूछा—
"ये सब तुमने अकेले किया?"
"हाँ।"
उसने सिर हिलाया।
फिर बोला—
"बहुत देर कर दी।"
राघव को यह सुनकर गुस्सा नहीं आया।
उसने पूछा—
"मतलब?"
वकील ने कहा—
"गलती तुम्हारी नहीं। लेकिन तुम बहुत देर अकेले रहे।"
काफी देर तक दोनों बात करते रहे।
उसने तारीखें पूछीं।
रसीदें देखीं।
नोटिस देखे।
और पहली बार—
किसी ने हर दस्तावेज़ पूरा पढ़ा।
जाते-जाते वकील ने फाइल बंद की।
और कहा—
"एक बात बताऊँ?"
राघव ने सिर हिलाया।
वह बोला—
"ये मामला आसान नहीं है।"
राघव चुप।
वह आगे बोला—
"और मैं जीत की गारंटी नहीं दूँगा।"
कुछ सेकंड बाद बोला—
"लेकिन मैं तुम्हें ये नहीं कहूँगा कि सब ठीक हो जाएगा।"
राघव पहली बार कुछ देर तक उसे देखता रहा।

फिर पूछा—

"तो क्या होगा?"

वकील ने बैग उठाया।

और कहा—

"पहले समझेंगे कि खेल क्या है।"

घर लौटते समय राघव के कदम पहले जैसे हल्के नहीं थे।

लेकिन भारी भी नहीं थे।

घर पहुँचकर मीरा ने पूछा—

"कैसा लगा?"

राघव ने कुछ सेकंड सोचा।

फिर कहा—

"अजीब।"

"क्यों?"

उसने कहा—

"चार साल में पहली बार किसी ने मुझे बीच में नहीं रोका।"

रात को उसने कॉपी निकाली।

और लिखा—

"आज पहली बार किसी ने मुझसे नहीं पूछा कि कितना इंतजार कर सकते हो। उसने पूछा—क्या बचाना चाहते हो।"

फिर उसने पेन रखा।

कुछ देर बाद नीचे एक लाइन और लिखी—

"मुझे डर लग रहा है... क्योंकि उम्मीद वापस आने लगी है।"

अगले कुछ दिनों में राघव की दिनचर्या बाहर से वही रही लेकिन भीतर कुछ बदल गया था। फर्क बहुत छोटा था—पहले वह हर नई सूचना पर तुरंत टूट जाता था या तुरंत सक्रिय हो जाता था। अब वह रुककर सोचता था। उस वकील से मिलने के बाद उसके भीतर पहली बार ऐसा लगा कि शायद सिर्फ सहते रहना ही प्रक्रिया नहीं होती।

वकील ने तीन दिन बाद मिलने को कहा था।

तीन दिन।

चार साल के मुकाबले यह समय छोटा होना चाहिए था।

लेकिन राघव ने महसूस किया—

उम्मीद होने पर इंतजार लंबा लगता है।

तीसरे दिन वह समय से पहले पहुँच गया।
वकील पहले से बैठा था।
इस बार उसके सामने फाइल खुली थी।
उसने राघव को बैठने का इशारा किया।
कुछ सेकंड कुछ नहीं बोला।
फिर पूछा—
"तुम ये कॉपी साथ लाए?"
राघव समझ नहीं पाया।
वकील ने उसकी लिखी हुई डायरी उठाई।
"ये।"
राघव ने कहा—
"हाँ।"
वकील ने कुछ पन्ने पलटे।
फिर पूछा—
"तुम रोज लिखते हो?"
"ज्यादातर।"
वकील ने सिर हिलाया।
"अच्छा किया।"
राघव चुप।
वह बोला—
"लोग समझते हैं न्याय सिर्फ कागज़ों में होता है।"
उसने कॉपी बंद की।
"लेकिन बहुत बार अन्याय रिकॉर्ड के बाहर होता है।"
कुछ देर बाद उसने फाइल खोली।
उसने कुछ पन्ने अलग किए।
कुछ रसीदें रखीं।
कुछ नोटिस अलग रखे।
फिर उसने कहा—
"पहली बात।"
राघव ध्यान से सुनने लगा।
वकील बोला—

"तुम्हारा मूल मामला अभी भी उतना कमजोर नहीं जितना तुम्हें महसूस कराया गया।"

राघव ने पहली बार थोड़ा सीधा बैठकर पूछा—

"मतलब?"

वह बोला—

"मतलब कुछ चीज़ें हुई हैं जो सामान्य प्रक्रिया जैसी नहीं लगतीं।"

राघव कुछ सेकंड तक उसे देखता रहा।

फिर पूछा—

"तो..."

वकील ने हाथ उठाया।

"अभी नहीं।"

फिर बोला—

"दूसरी बात।"

वह कुछ सेकंड रुका।

"शिकायत करने के बाद तुम्हारे साथ जो हुआ... उसमें पैटर्न है।"

राघव धीरे से बोला—

"मतलब?"

वकील ने गिनाना शुरू किया—

"अचानक रिकॉर्ड गायब।"

"फिर दस्तावेज़ दोबारा।"

"फिर तारीख।"

"फिर स्थगन।"

"फिर दस्तावेज़ों पर सवाल।"

कमरे में कुछ सेकंड शांति रही।

फिर उसने कहा—

"ये सब साबित करना मुश्किल है।"

राघव ने पूछा—

"लेकिन?"

वकील ने उसकी तरफ देखा।

"लेकिन मैं इसे संयोग मानने को तैयार नहीं हूँ।"

राघव बहुत देर तक कुछ नहीं बोला।

चार साल में पहली बार किसी ने उसके सामने उसकी कहानी दोहराई थी—

और उसे भ्रम नहीं कहा था।

वकील ने बैग बंद किया।

फिर बोला—

"अब तीसरी बात।"

राघव फिर सीधा बैठ गया।

वकील कुछ सेकंड चुप रहा।

फिर बोला—

"ये लड़ाई लंबी हो सकती है।"

राघव हल्का मुस्कुराया।

"ये तो मुझे पता है।"

वकील ने सिर हिलाया।

"नहीं।"

उसने उसकी तरफ देखते हुए कहा—

"मुझे लगता है तुम्हें अभी तक अंदाज़ा नहीं है।"

कमरे में कुछ देर चुप्पी रही।

फिर उसने पूछा—

"मीरा कैसी है?"

राघव थोड़ा रुका।

"ठीक है।"

वकील ने पूछा—

"सच में?"

राघव जवाब नहीं दे पाया।

वकील ने धीरे कहा—

"तुम्हारे दस्तावेज़ पढ़े हैं।"

फिर कॉपी पर हाथ रखा।

"लेकिन घर का रिकॉर्ड इसमें कम है।"

राघव चुप।

वह बोला—

"अगर मैं तुम्हारा प्रतिनिधित्व करूँ... तो एक शर्त है।"

राघव ने पूछा—

"क्या?"

वकील ने कहा—

"हर बैठक में नहीं... लेकिन कभी-कभी घर भी वापस जाना पड़ेगा।"

राघव समझा नहीं।

वकील ने कहा—

"तुम्हारा केस मैं देख लूँगा।"

कुछ सेकंड बाद उसने बहुत धीरे कहा—

"लेकिन जो लोग तुम्हारा इंतजार कर रहे हैं... उनका प्रतिनिधित्व कोई नहीं कर रहा।"

राघव कुछ नहीं बोला।

बैठक खत्म हुई।

जाते-जाते वकील ने कहा—

"अगली बार मीरा से भी मिलना चाहूँगा।"

राघव ने पूछा—

"क्यों?"

वह बोला—

"क्योंकि लंबे मामलों में फाइल अकेली नहीं चलती।"

घर लौटते समय बहुत समय बाद राघव ने रास्ते में कुछ नहीं सोचा।

घर पहुँचा।

मीरा ने पूछा—

"क्या कहा?"

राघव ने कुछ सेकंड सोचा।

फिर बोला—

"उसने केस की कम..."

वह रुका।

"...और घर की ज्यादा बात की।"

मीरा कुछ सेकंड उसे देखती रही।

फिर बहुत धीरे बोली—

"शायद पहली बार सही आदमी मिला है।"

राघव ने कोई जवाब नहीं दिया।

लेकिन उसी रात—

कई महीनों बाद—

उसने कॉपी नहीं खोली।

उस रात कॉपी नहीं खुली। यह छोटी बात थी लेकिन राघव ने खुद नोटिस किया। कई महीनों से हर दिन का अंत लिखने में होता था। जैसे अगर वह नहीं लिखेगा तो दिन सच नहीं रहेगा। लेकिन उस रात उसने पहली बार कुछ दर्ज नहीं किया। वह छत पर बैठा रहा। नीचे घर की हल्की आवाज़ें आ रही थीं। मीरा रसोई समेट रही थी। आरव कुछ पढ़ रहा था। बहुत समय बाद उसे लगा कि घर किसी मामले के बीच में नहीं बल्कि अपने आप में भी मौजूद है।

अगली सुबह अलग थी।

मीरा ने चाय रखते हुए पूछा—

"उसने सच में कहा मुझे मिलना है?"

राघव ने कहा—

"हाँ।"

मीरा कुछ सेकंड चुप रही।

फिर बोली—

"ठीक है।"

राघव ने पूछा—

"तुम जाओगी?"

उसने पूछा—

"तुम चाहते हो?"

राघव कुछ देर चुप रहा।

फिर बोला—

"पता नहीं।"

मीरा हल्का मुस्कुराई।

"पहले तुम सब कुछ अकेले तय करते थे।"

राघव कुछ नहीं बोला।

दो दिन बाद वे साथ गए।

आरव स्कूल गया था।

वकील पहले से बैठा था।

इस बार उसने फाइल नहीं खोली।

मीरा के बैठने का इंतजार किया।

फिर बहुत सामान्य तरीके से पूछा—

"आपको ये मामला कब से भारी लगने लगा?"

राघव थोड़ा चौंका।

उसे लगा था सवाल दस्तावेज़ों के होंगे।
मीरा ने कुछ सेकंड सोचा।
फिर कहा—
"पहले नहीं लगा।"
वह रुकी।
"पहले लगा समय लगेगा।"
कुछ सेकंड बाद बोली—
"फिर लगा शायद गलतफहमी है।"
फिर थोड़ा और रुककर बोली—
"फिर लगा मामला नहीं... इंतजार चल रहा है।"
कमरे में शांति रही।
वकील ने पूछा—
"और सबसे मुश्किल क्या था?"
मीरा ने तुरंत जवाब नहीं दिया।
फिर बोली—
"ये नहीं कि काम नहीं हुआ।"
उसने राघव की तरफ देखा।
"ये कि हर बार लगता था अब होगा।"
कुछ सेकंड बाद उसने जोड़ा—
"और हर बार हमें फिर से सामान्य होने का नाटक करना पड़ता था।"
राघव पहली बार उसकी तरफ देखने लगा।
वकील ने कुछ नहीं लिखा।
बस सुनता रहा।
फिर उसने पूछा—
"घर में सबसे ज्यादा क्या बदला?"
मीरा ने बिना सोचे कहा—
"हमने भविष्य में बात करना कम कर दिया।"
कमरे में कुछ सेकंड शांति रही।
राघव ने उसकी तरफ देखा।
उसे यह बात कभी महसूस नहीं हुई थी।
वकील ने पूछा—
"मतलब?"

मीरा ने बहुत धीरे कहा—

"पहले हम कहते थे अगले साल ये करेंगे।"

"फिर कहते थे मामला हो जाए तो करेंगे।"

"फिर कहना ही बंद कर दिया।"

कमरे में कुछ देर कोई नहीं बोला।

वकील ने पहली बार फाइल खोली।

कुछ पन्ने देखे।

फिर बोला—

"मैं आपको कुछ साफ बताना चाहता हूँ।"

दोनों उसकी तरफ देखने लगे।

वह बोला—

"ये मामला जल्दी खत्म नहीं होगा।"

दोनों चुप।

वह आगे बोला—

"और ये भी संभव है कि इसका अंत आपको संतुष्ट न करे।"

राघव नीचे देखने लगा।

लेकिन वकील आगे बोला—

"लेकिन।"

कुछ सेकंड बाद—

"इसका मतलब ये नहीं कि आपकी जिंदगी भी स्थगित हो जाए।"

कमरे में बहुत देर तक कोई कुछ नहीं बोला।

फिर वकील ने कहा—

"एक सलाह दूँ?"

दोनों ने सिर हिलाया।

वह बोला—

"घर में एक नियम बनाइए।"

राघव ने पूछा—

"क्या?"

वकील ने कहा—

"दिन का एक समय ऐसा होगा जब इस मामले की बात नहीं होगी।"

राघव हल्का मुस्कुराया।

"इतना आसान नहीं।"

वकील ने सिर हिलाया।

"मुझे पता है।"

फिर बहुत धीरे बोला—

"लेकिन अगर नहीं किया... तो एक दिन फैसला आने से पहले ही सब खत्म हो जाएगा।"

बैठक खत्म हुई।

जाते-जाते वकील ने कहा—

"और हाँ।"

दोनों रुके।

उसने कहा—

"मैं कुछ आवेदन दूँगा।"

राघव थोड़ा सतर्क हुआ।

वकील बोला—

"लेकिन एक काम तुम करोगे।"

"क्या?"

वह बोला—

"इस हफ्ते आरव के साथ कहीं जाना।"

राघव कुछ नहीं बोला।

वकील ने कहा—

"और उसकी फोटो लेना।"

राघव ने पूछा—

"क्यों?"

वकील कुछ सेकंड चुप रहा।

फिर बोला—

"क्योंकि मैंने बहुत लोगों को फाइल बचाते देखा है।"

उसने बैग उठाया।

"यादें बचाते कम देखा है।"

घर लौटते समय कोई बात नहीं हुई।

शाम को अचानक राघव ने पूछा—

"आरव।"

वह दौड़कर आया।

"हाँ?"

राघव ने पूछा—

"रविवार को चलोगे?"

आरव ने पूछा—

"कहाँ?"

राघव ने कहा—

"पता नहीं।"

आरव कुछ सेकंड उसे देखता रहा।

फिर पूछा—

"काम नहीं है?"

राघव रुका।

और बहुत धीरे कहा—

"रविवार को नहीं।"

आरव कुछ नहीं बोला।

बस मुस्कुराया।

और राघव को अचानक एहसास हुआ—

कुछ वादे बहुत छोटे होते हैं।

लेकिन उन्हें निभाने में साल लग जाते हैं।

रविवार आने में अभी चार दिन थे लेकिन घर में उसका असर पहले ही दिखाई देने लगा। सबसे ज्यादा नहीं—बस थोड़ा। आरव रोज पूछता नहीं था, लेकिन किसी न किसी तरह याद दिला देता। कभी पूछता—

"सुबह चलेंगे या शाम?"

कभी—

"दूर जाएंगे या पास?"

कभी—

"फोन ले जाना मत भूलना फोटो के लिए।"

राघव हर बार जवाब देता।

और हर जवाब देते समय उसे महसूस होता कि उसने कितने समय से ऐसी बातें तय ही नहीं की थीं जिनका किसी आवेदन, तारीख या दस्तावेज़ से कोई संबंध न हो।

उधर वकील की तरफ से दो बार संदेश आए।

कुछ कागज़ माँगे गए।

कुछ अनुमतियाँ।

कुछ हस्ताक्षर।
लेकिन इस बार एक फर्क था—
राघव ने रात में नहीं किया।
उसने तय किया—
जो काम दिन में हो सकता है वह रात नहीं लेगा।
पहले दिन यह अजीब लगा।
दूसरे दिन थोड़ा कम।
तीसरे दिन उसे लगा शायद यही सामान्य होता है।
रविवार आया।
सुबह आरव उससे पहले उठ गया।
तैयार भी हो गया।
जब राघव बाहर आया तो उसने पूछा—
"सच में जा रहे हैं न?"
राघव कुछ सेकंड उसे देखता रहा।
फिर बोला—
"हाँ।"
तीनों निकले।
बहुत दूर नहीं।
बस शहर से थोड़ा बाहर की तरफ।
कोई खास जगह नहीं।
न घूमने का प्लान।
न तस्वीरों का।
बस चलना।
कुछ खाना।
बैठना।
रास्ते में आरव लगातार बोलता रहा।
स्कूल।
दोस्त।
कहानियाँ।
मीरा बीच-बीच में जवाब देती रही।
राघव सुनता रहा।
और अचानक उसे एहसास हुआ—

इन दोनों की जिंदगी चल रही थी।
उसने ही उसे रोककर देखा था।
कुछ देर बाद वे एक शांत जगह बैठ गए।
आरव पत्थर फेंकने लगा।
मीरा पास बैठी रही।
कुछ देर बाद उसने पूछा—
“कैसा लग रहा है?”
राघव ने कहा—
“अजीब।”
मीरा हल्का मुस्कुराई।
“अच्छा वाला?”
राघव ने सिर हिलाया।
कुछ सेकंड बाद बोला—
“मुझे लग रहा है मैं कुछ भूल रहा हूँ।”
मीरा ने उसकी तरफ देखा।
और कहा—
“शायद नहीं।”
वह रुकी।
“शायद याद कर रहे हो।”
राघव कुछ नहीं बोला।
उसी समय आरव भागता हुआ आया।
“फोटो!”
तीनों साथ खड़े हुए।
आरव बीच में।
फोन रखा।
फोटो ली।
फिर दूसरी।
फिर तीसरी।
फिर आरव ने कहा—
“एक नॉर्मल भी।”
राघव हँस पड़ा।
“बाकी क्या थीं?”

आरव बोला—
"उनमें आप मुस्कुरा नहीं रहे थे।"
कुछ सेकंड चुप्पी रही।
फिर फोटो ली गई।
इस बार राघव सच में मुस्कुराया।
घर लौटते समय शाम हो गई।
बहुत दिनों बाद किसी दिन को जल्दी खत्म होने का अफसोस हुआ।
घर पहुँचे।
सब थके हुए थे।
रात को खाना खाकर आरव सो गया।
मीरा पानी लेकर आई।
राघव अभी भी फोन में फोटो देख रहा था।
उसने पूछा—
"क्या देख रहे हो?"
राघव ने कहा—
"कुछ नहीं।"
फिर बहुत धीरे बोला—
"आज की फोटो में..."
वह रुका।
"...मैं अलग लग रहा हूँ।"
मीरा ने पूछा—
"कैसा?"
राघव ने बहुत देर बाद कहा—
"जैसे मैं सिर्फ केस वाला आदमी नहीं हूँ।"
कुछ सेकंड चुप्पी रही।
फिर मीरा ने बहुत धीरे पूछा—
"तुम्हें पता है मुझे सबसे ज्यादा डर किस बात से लगता था?"
राघव ने उसकी तरफ देखा।
वह बोली—
"कि कहीं एक दिन ये सब खत्म हो जाए..."
वह रुकी।
"...और मुझे तुम्हें वापस पहचानना पड़े।"

राघव कुछ नहीं बोला।

उसने फोन बंद कर दिया।

रात को उसने बहुत दिनों बाद कॉपी खोली।

कुछ देर खाली पन्ना देखा।

फिर लिखा—

"आज कोई तारीख नहीं मिली।"

नीचे लिखा—

"कोई कागज़ जमा नहीं किया।"

फिर—

"कोई कॉल नहीं आया।"

कुछ सेकंड रुका।

और आख़िर में लिखा—

"फिर भी आज का दिन बेकार नहीं गया।"

उसने कॉपी बंद की।

उसी समय फोन बजा।

संदेश वकील का था।

सिर्फ दो लाइन—

"कुछ मिला है।"

और नीचे—

"कल मिलना है।"

अगले दिन सुबह राघव सामान्य से पहले उठ गया। बहुत समय बाद उसे किसी कॉल का इंतजार नहीं था—उसे किसी जवाब का इंतजार था। फर्क छोटा था लेकिन उसके भीतर महसूस हो रहा था। उसने जल्दी तैयारी की। जाते समय उसने देखा कि मीरा उसे देख रही थी।

उसने पूछा—

"डर लग रहा है?"

राघव ने कुछ सेकंड सोचा।

फिर कहा—

"इस बार थोड़ा।"

मीरा ने पूछा—

"क्यों?"

राघव ने धीरे कहा—

"क्योंकि अगर कुछ निकला... तो सब बदल सकता है।"
मीरा कुछ देर चुप रही।
फिर बोली—
"और अगर कुछ नहीं निकला?"
राघव ने हल्की साँस छोड़ी।
"तो शायद कुछ भी नहीं बदलेगा।"
वह चला गया।
वकील पहले से बैठा था।
लेकिन आज कुछ अलग था।
उसकी मेज पर फाइल बंद थी।
वह नोट्स नहीं देख रहा था।
राघव बैठा।
कुछ सेकंड तक दोनों ने कुछ नहीं कहा।
फिर वकील ने एक कागज़ उसकी तरफ बढ़ाया।
राघव ने पढ़ा।
वह कोई फैसला नहीं था।
कोई आदेश नहीं।
बस कुछ रिकॉर्ड थे।
पुरानी प्रविष्टियाँ।
तारीखें।
आवेदन संख्या।
स्थिति परिवर्तन।
कुछ टिप्पणियाँ।
राघव पढ़ता गया।
फिर एक जगह रुक गया।
उसकी शिकायत दर्ज होने के बाद—
उसके मूल मामले की स्थिति कई बार बदली गई थी।
कई बार रोकी गई।
कई बार पुनः चिह्नित हुई।
और कुछ प्रविष्टियाँ ऐसी थीं जिनका कोई स्पष्ट कारण नहीं था।
राघव बहुत देर तक कागज़ देखता रहा।
फिर धीरे पूछा—

"ये...?"

वकील ने कहा—

"जो आधिकारिक रूप से मिला है।"

राघव ने पूछा—

"मतलब?"

वकील ने कुछ सेकंड सोचा।

फिर कहा—

"मतलब इतना कि तुम्हें जो महसूस हो रहा था... वह पूरी तरह कल्पना नहीं था।"

राघव कुछ नहीं बोला।

वह बस बैठा रहा।

चार साल में पहली बार किसी ने उससे यह नहीं कहा था कि धैर्य रखो।

पहली बार किसी ने यह नहीं कहा था कि ऐसा होता है।

पहली बार किसी ने कहा—

कुछ सवाल ठीक थे।

कुछ देर बाद राघव ने पूछा—

"अब?"

वकील कुर्सी पर पीछे हुआ।

और बोला—

"अब मुश्किल हिस्सा शुरू होता है।"

राघव ने उसकी तरफ देखा।

वकील बोला—

"क्योंकि अभी तक तुम अंदाज़ा लगा रहे थे।"

उसने कागज़ पर हाथ रखा।

"अब तुम्हें पता है कि कुछ सामान्य नहीं था।"

कुछ सेकंड बाद उसने जोड़ा—

"लेकिन याद रखना—शक और साबित करने के बीच बहुत लंबा रास्ता होता है।"

राघव चुप।

वकील ने फाइल खोली।

"मैं कुछ आवेदन दूँगा।"

"फिर?"

वकील ने कहा—
"फिर देखेंगे जवाब आता है या चुप्पी।"
राघव ने पूछा—
"और अगर जवाब नहीं आया?"
वकील ने उसकी तरफ देखा।
"तब हम फिर पूछेंगे।"
कुछ सेकंड बाद उसने धीरे कहा—
"लेकिन इस बार तुम अकेले नहीं पूछोगे।"
बैठक खत्म होने लगी।
राघव उठ गया।
फिर अचानक उसने पूछा—
"आप ये सब क्यों कर रहे हैं?"
वकील रुका।
उसने कुछ सेकंड सोचा।
फिर बोला—
"क्योंकि बहुत लोग देर से आते हैं।"
राघव चुप।
वह आगे बोला—
"और जब तक वे आते हैं..."
वह रुका।
"...उनके पास केस बचा होता है, जिंदगी नहीं।"
कमरे में कुछ सेकंड शांति रही।
घर लौटते समय राघव ने रास्ते में फोन नहीं देखा।
वह सीधे घर पहुँचा।
मीरा ने दरवाज़ा खोला।
उसने पूछा—
"क्या हुआ?"
राघव कुछ सेकंड चुप रहा।
फिर बोला—
"अभी कुछ नहीं।"
मीरा शांत रही।
राघव धीरे से बैठ गया।

फिर बोला—

"लेकिन शायद..."

वह रुका।

"...मैं इतने साल पूरी तरह गलत नहीं था।"

मीरा उसे देखती रही।

कुछ देर बाद उसने पूछा—

"और ये सुनकर कैसा लगा?"

राघव ने बहुत देर बाद जवाब दिया—

"अजीब।"

"क्यों?"

उसने नीचे देखते हुए कहा—

"क्योंकि मैंने सोचा था ये सुनकर मुझे राहत मिलेगी।"

कुछ सेकंड बाद उसने जोड़ा—

"लेकिन मुझे सिर्फ ये सोचकर दुख हो रहा है..."

मीरा चुप।

राघव बोला—

"अगर किसी ने ये बात पहले सुन ली होती..."

वह रुक गया।

उसने बात पूरी नहीं की।

लेकिन मीरा समझ गई।

उस रात उसने कॉपी खोली।

बहुत देर तक कुछ नहीं लिखा।

फिर सिर्फ एक लाइन लिखी—

"आज पहली बार लगा कि दर्द का सबसे मुश्किल हिस्सा गलत होना नहीं होता।"

कुछ सेकंड बाद उसने नीचे लिखा—

"कई बार सबसे मुश्किल हिस्सा देर से सही साबित होना होता है।"

उस रात लिखने के बाद भी राघव देर तक जागता रहा। कमरे में अँधेरा था लेकिन उसके भीतर पहली बार कुछ साफ हुआ था और उसी वजह से सब और उलझ गया था। इतने सालों तक वह दो चीज़ों के बीच अटका रहा था—या तो उसके साथ गलत हुआ है, या वह बेवजह अटका हुआ है। अब पहली बार तीसरी संभावना सामने थी—कुछ ठीक नहीं था, लेकिन यह जान लेना उसे वापस कुछ नहीं दे रहा

था।

सुबह वह देर से उठा।

मीरा ने पूछा—

“आज नहीं जाना?”

राघव ने कहा—

“नहीं।”

मीरा ने पूछा—

“वकील ने कुछ नहीं कहा?”

राघव ने सिर हिलाया।

“कहा है। लेकिन आज कुछ नहीं करना।”

मीरा कुछ सेकंड उसे देखती रही।

फिर बोली—

“तुम ठीक हो?”

राघव ने तुरंत जवाब नहीं दिया।

फिर कहा—

“पता नहीं।”

वह रसोई में चली गई।

कुछ देर बाद वापस आई।

उसने पूछा—

“अगर चार साल पहले किसी ने तुमसे कहा होता कि रास्ता इतना लंबा होगा...”

राघव ने उसकी तरफ देखा।

मीरा बोली—

“तो शुरू करते?”

राघव बहुत देर तक चुप रहा।

फिर बोला—

“शायद।”

कुछ सेकंड बाद जोड़ा—

“लेकिन अलग तरीके से।”

मीरा ने पूछा—

“कैसे?”

राघव ने पहली बार कहा—

"इतना सब रोककर नहीं।"

उस दिन वह घर पर रहा।

आरव स्कूल गया था।

राघव अलमारी खोलकर पुराने कागज़ नहीं, पुरानी चीज़ें देखने लगा। कुछ फोटो। कुछ पुराने बिल। एक पुरानी डायरी। उसमें घर के खर्च लिखे थे।

वह पढ़ने लगा।

एक जगह लिखा था—

"अगले साल घूमने जाएँगे।"

उसने तारीख देखी।

तीन साल पुरानी।

दूसरी जगह लिखा था—

"आरव की साइकिल।"

उसके सामने लिखा था—

"अभी नहीं।"

फिर एक जगह—

"मीरा का..."

वह पढ़ते-पढ़ते रुक गया।

वहाँ लिखा था—

"मीरा का चेकअप — अगले महीने।"

उसने तारीख देखी।

काफी पुरानी थी।

उसे अचानक याद आया।

मीरा कई बार कहती थी कि उसे डॉक्टर को दिखाना है।

फिर कभी समय नहीं हुआ।

फिर उसने खुद कहना कम कर दिया।

राघव बहुत देर तक डायरी देखता रहा।

शाम को जब मीरा चाय लेकर आई तो उसने पूछा—

"तुम्हें डॉक्टर को दिखाना था?"

मीरा थोड़ा रुकी।

फिर बोली—

"किस बात पर?"

राघव ने कहा—

"पहले बोलती थीं।"

मीरा कुछ सेकंड चुप रही।

फिर हल्का सा मुस्कुराकर बोली—

"कुछ खास नहीं था।"

राघव ने पूछा—

"गई नहीं?"

उसने सिर हिलाया।

"रह गया।"

राघव ने पूछा—

"क्यों?"

मीरा ने बहुत सामान्य स्वर में कहा—

"हर बार कुछ और जरूरी था।"

राघव कुछ नहीं बोला।

उसने पहली बार इस वाक्य को दूसरे तरफ से सुना।

हर बार कुछ और जरूरी था।

रात को वकील का संदेश आया।

"कुछ जवाब आए हैं। कल आओ।"

अगले दिन वह गया।

वकील पहले से ज्यादा गंभीर दिख रहा था।

इस बार उसने बैठते ही कहा—

"एक बात पूछूँ?"

राघव ने सिर हिलाया।

वकील ने पूछा—

"घर में सब ठीक है?"

राघव थोड़ा चौंका।

"हाँ।"

वकील कुछ सेकंड उसे देखता रहा।

फिर बोला—

"सोचकर जवाब दो।"

राघव चुप।

वकील ने फाइल खोली।

कुछ कागज़ निकाले।

फिर बोला—
“हमें कुछ जानकारी मिली है।”
राघव आगे झुका।
वकील बोला—
“तुम्हारी शिकायत के बाद कुछ निर्णय सामान्य समय से अलग गति से हुए।”
राघव कुछ नहीं बोला।
वकील आगे बोला—
“ये साबित नहीं करता कि क्या हुआ।”
“लेकिन इतना दिखाता है कि सवाल पूछना गलत नहीं था।”
राघव धीरे से बोला—
“फिर?”
वकील ने उसकी तरफ देखा।
और पहली बार उसकी आवाज़ में थकान थी।
वह बोला—
“अब आगे का रास्ता लंबा है।”
राघव हल्का मुस्कुराया।
“ये तो—”
वकील ने बीच में रोक दिया।
“नहीं।”
कुछ सेकंड चुप रहकर बोला—
“इस बार सच में लंबा।”
फिर उसने धीरे कहा—
“और मुझे तुम्हें तैयार करना है।”
राघव ने पूछा—
“किस लिए?”
वकील ने कुछ सेकंड चुप रहकर कहा—
“इस संभावना के लिए...”
वह रुका।
“...कि सच पता चल जाए और फिर भी कुछ बदलने में बहुत समय लगे।”
कमरे में बहुत देर तक कोई नहीं बोला।
जाते-जाते वकील ने कहा—
“और एक काम करो।”

राघव ने पूछा—

"क्या?"

वह बोला—

"मीरा से पूछो उसने आखिरी बार अपने लिए क्या टाला था।"

घर लौटते समय पहली बार राघव को डर केस से नहीं लगा।

उसे लगा—

कहीं बहुत समय से कुछ और भी इंतजार कर रहा है।

घर लौटते समय राघव ने रास्ते भर वकील की आखिरी बात ही सोची—"मीरा से पूछो उसने आखिरी बार अपने लिए क्या टाला था।" सवाल बहुत साधारण था लेकिन जवाब उसे पहले से पता होने का भ्रम था। उसे हमेशा लगता था वह जानता है घर में क्या चल रहा है। फिर उसे याद आया—उसे कई बातें बाद में पता चली थीं। स्कूल कार्यक्रम। पुराने खर्च। टला हुआ चेकअप। भविष्य की बंद हुई बातचीत।

घर पहुँचा तो मीरा बरामदे में बैठी थी।

शाम ढल रही थी।

वह कुछ नहीं कर रही थी।

बस बैठी थी।

राघव उसके पास जाकर बैठ गया।

कुछ देर दोनों चुप रहे।

फिर उसने पूछा—

"एक बात पूछूँ?"

मीरा ने उसकी तरफ देखे बिना कहा—

"पूछो।"

राघव ने पूछा—

"तुमने आखिरी बार अपने लिए क्या टाला था?"

मीरा उसकी तरफ देखने लगी।

कुछ सेकंड बाद हल्का सा मुस्कुराई।

"आज ये सवाल कहाँ से आ गया?"

राघव ने कहा—

"बस पूछ रहा हूँ।"

वह कुछ देर सोचती रही।

फिर बोली—

"बहुत चीज़ें।"

राघव चुप।
मीरा बोली—
“पहले लगा कुछ दिन की बात है।”
फिर हल्की हँसी आई।
“फिर आदत हो गई।”
राघव ने पूछा—
“जैसे?”
मीरा कुछ देर चुप रही।
फिर बोली—
“एक कोर्स करना चाहती थी।”
“फिर सोचा बाद में।”
“कहीं जाना था।”
“फिर सोचा बाद में।”
“कुछ चेक करवाना था।”
“फिर सोचा बाद में।”
वह रुकी।
फिर बोली—
“फिर एक समय के बाद ‘बाद में’ ही जवाब बन गया।”
राघव उसकी तरफ देखता रहा।
उसने पूछा—
“तुमने बताया क्यों नहीं?”
मीरा ने बहुत धीरे कहा—
“तुम व्यस्त थे।”
राघव तुरंत बोला—
“मैं सुन लेता।”
मीरा उसकी तरफ देखकर मुस्कुराई।
लेकिन उस मुस्कान में थकान थी।
वह बोली—
“सुन लेते।”
कुछ सेकंड बाद—
“लेकिन मैं नहीं चाहती थी हर बार तुम्हें दो लड़ाइयाँ लड़नी पड़ें।”
राघव कुछ नहीं बोला।

मीरा ने पहली बार उसकी तरफ सीधे देखते हुए कहा—
“राघव...”
वह रुकी।
“तुम्हें पता है मैं सबसे ज्यादा किस चीज़ से थक गई हूँ?”
राघव ने धीरे पूछा—
“किससे?”
मीरा ने जवाब दिया—
“उम्मीद बनाकर रखने से।”
कमरे में कुछ देर हवा की आवाज़ थी।
फिर वह बोली—
“जब कोई कहता था अब होगा... मैं मान लेती थी।”
“फिर नहीं होता था।”
“फिर खुद को समझाती थी।”
“फिर अगली तारीख।”
वह रुकी।
“मुझे मामला नहीं थकाता था।”
बहुत धीरे बोली—
“मुझे बार-बार उम्मीद शुरू करनी थकाती थी।”
राघव कुछ नहीं बोल पाया।
उसने पहली बार महसूस किया—
वह अकेला इंतजार नहीं कर रहा था।
रात को खाना खाते समय आरव अपनी किसी स्कूल की बात बता रहा था।
बीच में उसने पूछा—
“मम्मी, इस बार छुट्टियों में चलेंगे?”
मीरा ने बिना सोचे कहा—
“देखेंगे।”
आरव बोला—
“आप हमेशा यही बोलते हो।”
कमरे में कुछ सेकंड शांति रही।
फिर उसने हँसते हुए कहा—
“इस बार सच में चलेंगे?”
मीरा कुछ बोलती उससे पहले राघव ने कहा—

"चलेंगे।"

आरव ने तुरंत पूछा—

"पक्का?"

राघव रुका।

फिर बोला—

"हाँ।"

आरव खुश हो गया।

लेकिन मीरा उसकी तरफ देखने लगी।

रात को आरव सो गया।

मीरा कप रख रही थी।

राघव ने पूछा—

"तुमने कुछ कहा क्यों नहीं?"

मीरा ने पूछा—

"क्या?"

"छुट्टियों वाला।"

मीरा कुछ देर चुप रही।

फिर बोली—

"क्योंकि मैं अब बहुत आगे की चीज़ों पर जल्दी विश्वास नहीं करती।"

राघव उसके चेहरे को देखता रहा।

फिर धीरे पूछा—

"तुम मुझसे नाराज़ हो?"

मीरा ने तुरंत नहीं बोला।

बहुत देर बाद कहा—

"नहीं।"

फिर थोड़ा रुककर—

"लेकिन कभी-कभी लगता है हम इंतजार करते-करते जीना बाद में करने लगे।"

राघव बहुत देर तक कुछ नहीं बोला।

उस रात उसने कॉपी खोली।

बहुत देर तक खाली पन्ना देखा।

फिर लिखा—

"आज समझ आया कि इंतजार कभी अकेला नहीं आता।"

कुछ सेकंड बाद नीचे लिखा—

"जिस दिन मैंने लड़ाई शुरू की थी, उस दिन किसी ने नहीं बताया था कि घर वाले भी बिना नाम के इसमें शामिल हो जाते हैं।"

वह पेन रखने ही वाला था कि उसकी नज़र तारीखों पर गई।

उसने हिसाब लगाया।

और अचानक उसे एहसास हुआ—

उसे याद नहीं था—

मीरा आखिरी बार अपने लिए कहीं कब गई थी।

उस रात तारीख देखने के बाद राघव ने कॉपी बंद नहीं की। उसने पीछे के पन्ने पलटने शुरू किए। हर पन्ने पर तारीख थी। हर पन्ने पर कोई घटना। कोई कॉल। कोई आवेदन। कोई प्रतीक्षा। लेकिन अचानक उसे एक चीज़ दिखाई दी—

इन चार सालों में उसने अपने बारे में बहुत लिखा था।

व्यवस्था के बारे में लिखा था।

मामले के बारे में लिखा था।

लेकिन मीरा के बारे में बहुत कम लिखा था।

जहाँ लिखा भी था वहाँ अक्सर सिर्फ इतना—

"मीरा साथ गई।"

"मीरा ने कहा इंतजार करेंगे।"

"मीरा चुप रही।"

जैसे वह व्यक्ति नहीं—

स्थिति का हिस्सा हो।

वह बहुत देर तक कॉपी देखता रहा।

अगली सुबह उसने बिना कुछ कहे अलमारी खोली।

पुरानी फाइलें नहीं।

घर की चीज़ें।

पुराने कागज़।

दराज़।

कुछ लिफाफे।

कुछ रसीदें।

फिर उसे एक फोल्डर मिला।

उस पर लिखा था—

व्यक्तिगत

उसने खोला।
कुछ प्रमाणपत्र थे।
कुछ पुराने कागज़।
एक आवेदन।
आधा भरा हुआ।
ऊपर मीरा का नाम।
नीचे एक प्रशिक्षण कार्यक्रम के लिए आवेदन।
तारीख—
लगभग ढाई साल पुरानी।
स्थिति—
भेजा ही नहीं गया।
राघव बहुत देर तक उसे देखता रहा।
मीरा कमरे में आई।
उसने फोल्डर देखा।
रुक गई।
कुछ नहीं बोली।
राघव ने पूछा—
"ये क्या है?"
मीरा कुछ सेकंड चुप रही।
फिर बोली—
"कुछ नहीं।"
राघव ने कागज़ उठाया।
"भरा क्यों नहीं?"
मीरा ने बहुत सामान्य स्वर में कहा—
"रह गया।"
राघव ने पूछा—
"क्यों?"
वह मुस्कुराई।
"तुम्हें जवाब पता है।"
राघव चुप।
मीरा ने कुर्सी खींचकर बैठते हुए कहा—
"उस समय लगा था अभी घर में इतना चल रहा है..."

वह रुकी।

“फिर लगा अगले साल।”

फिर बोली—

“फिर भूल गई।”

राघव ने पूछा—

“तुमने बताया क्यों नहीं?”

मीरा ने उसकी तरफ देखा।

और पहली बार बिना मुस्कुराए कहा—

“क्योंकि मुझे डर था।”

राघव चुप।

वह बोली—

“अगर मैं कहती और तुम कहते अभी नहीं...”

वह कुछ सेकंड रुकी।

“...तो शायद मुझे सच में बुरा लगता।”

कमरे में बहुत देर तक कोई नहीं बोला।

फिर उसने हल्की आवाज़ में कहा—

“इसलिए मैंने खुद ही बाद में कर दिया।”

राघव नीचे देखने लगा।

उसने अचानक पूछा—

“और चेकअप?”

मीरा कुछ सेकंड रुकी।

फिर बोली—

“वो भी।”

“कब से?”

“कुछ समय।”

“क्यों नहीं गई?”

मीरा ने सीधा जवाब नहीं दिया।

बस बोली—

“कुछ खास नहीं था।”

राघव ने पूछा—

“लेकिन गई क्यों नहीं?”

मीरा ने उसकी तरफ देखा।

फिर बहुत धीरे कहा—

“क्योंकि हर बार लगता था अभी ये सब खत्म हो जाए... फिर आराम से कर लेंगे।”

कमरे में जैसे आवाज़ ही नहीं बची।

राघव को पहली बार यह वाक्य अपने खिलाफ सुनाई दिया।

फिर कर लेंगे।

दोपहर तक वह कुछ नहीं बोला।

शाम को अचानक उसने कहा—

“कल चलो।”

मीरा ने पूछा—

“कहाँ?”

राघव ने कहा—

“डॉक्टर।”

मीरा हल्का हँसी।

“अचानक?”

राघव ने कहा—

“हाँ।”

वह बोली—

“ज़रूरत नहीं।”

राघव ने पहली बार थोड़ा सख्त होकर कहा—

“कल चलेंगे।”

मीरा उसकी तरफ देखने लगी।

कुछ सेकंड बाद बोली—

“ठीक है।”

उस रात खाना सामान्य था।

आरव अपनी बातें करता रहा।

लेकिन राघव बार-बार मीरा को देख रहा था।

उसे पहली बार ध्यान गया—

वह पहले से ज्यादा थक जाती है।

कुछ देर बैठ जाती है।

कभी-कभी बात करते हुए रुक जाती है।

पहले भी ऐसा होता होगा।

बस उसने देखा नहीं।

रात को उसने कॉपी खोली।

बहुत देर तक कुछ नहीं लिखा।

फिर पहली बार तारीख नहीं लिखी।

उसने ऊपर लिखा—

"मीरा"

और नीचे—

"आज मुझे एहसास हुआ कि कुछ लोग शिकायत नहीं करते। वे बस धीरे-धीरे अपनी जगह खाली करते जाते हैं।"

कुछ देर बाद उसने एक और लाइन लिखी—

"मुझे डर लग रहा है कि कहीं मैंने देर से देखना शुरू तो नहीं किया।"

अगले दिन सुबह घर थोड़ा अलग था। कोई बड़ी बात नहीं थी, लेकिन उस तरह की चुप्पी थी जो तब आती है जब लोग किसी साधारण काम को असाधारण महत्व देने लगते हैं। डॉक्टर के पास जाना कोई बड़ी घटना नहीं होनी चाहिए थी। लेकिन इस घर में पिछले कुछ सालों से हर काम पहले किसी और चीज़ से अनुमति लेकर होता था।

मीरा सामान्य थी।

इतनी सामान्य कि राघव को और बेचैनी हो रही थी।

वह वैसे ही तैयार हुई जैसे कहीं पास जाना हो।

आरव ने पूछा—

"कहाँ जा रहे हो?"

मीरा ने मुस्कुराकर कहा—

"बस दिखाने।"

आरव ने पूछा—

"बीमार हो?"

वह हँसी।

"नहीं।"

लेकिन राघव ने पहली बार नोटिस किया—

उसने जवाब देने के बाद थोड़ा रुककर साँस ली।

वे गए।

जगह सामान्य थी।

कुछ लोग बैठे थे।

कुछ इंतजार कर रहे थे।
फॉर्म भरे गए।
नाम लिखा गया।
मीरा बैठ गई।
राघव उसके पास बैठा रहा।
उसे अजीब लग रहा था।
इतने साल वह दफ्तरों में बैठा रहा था।
आज पहली बार उसे लगा—
इंतजार हर जगह एक जैसा नहीं होता।
कुछ देर बाद अंदर बुलाया गया।
राघव भी साथ गया।
सामान्य सवाल हुए।
कुछ बातें पूछी गईं।
कुछ पुरानी बातें।
मीरा जवाब देती रही।
एक जगह डॉक्टर ने पूछा—
“कितने समय से?”
मीरा ने कहा—
“पता नहीं... थोड़ा समय।”
राघव उसकी तरफ देखने लगा।
फिर कुछ और पूछा गया।
कुछ जाँचें लिख दी गईं।
और कहा गया—
रिपोर्ट बाद में देखेंगे।
बस इतना।
कुछ बड़ा नहीं कहा गया।
कुछ डरावना नहीं।
लेकिन बाहर निकलते समय राघव ने पूछा—
“पहले क्यों नहीं आई?”
मीरा ने कहा—
“तुमने भी तो नहीं पूछा।”
राघव कुछ नहीं बोला।

वापस आते समय रास्ते में चुप्पी थी।
घर पहुँचे।
आरव स्कूल से लौट आया था।
उसने पूछा—
"सब ठीक?"
मीरा ने मुस्कुराकर कहा—
"हाँ।"
वह मान गया।
बच्चे कई बार छोटे जवाबों पर भरोसा कर लेते हैं।
शाम को वकील का फोन आया।
राघव बाहर चला गया।
उसने उठाया।
वकील ने पूछा—
"कैसे हो?"
राघव ने कहा—
"ठीक।"
कुछ सेकंड चुप्पी रही।
फिर वकील ने पूछा—
"मीरा गई?"
राघव थोड़ा रुका।
"हाँ।"
वकील ने धीरे कहा—
"अच्छा।"
फिर कुछ देर बाद बोला—
"राघव... एक बात पूछूँ?"
"हाँ।"
वह बोला—
"अगर तुम्हें कल पता चले कि ये मामला पाँच साल और चलेगा..."
राघव चुप।
वकील ने पूछा—
"तो क्या बदलोगे?"
राघव ने तुरंत जवाब नहीं दिया।

फिर बोला—

"पता नहीं।"

वकील ने कहा—

"सोचना।"

कॉल खत्म हो गया।

रात को रिपोर्ट नहीं आई।

कुछ नहीं आया।

सब सामान्य था।

लेकिन राघव सामान्य नहीं था।

उसने पहली बार फाइल नहीं खोली।

उसने घर देखा।

मीरा रसोई में थी।

आरव पढ़ रहा था।

और अचानक उसे एहसास हुआ—

इन दोनों को उसने हमेशा मजबूत माना।

शायद इसलिए नहीं कि वे मजबूत थे।

शायद इसलिए क्योंकि उन्हें मजबूत होना पड़ा।

रात को उसने कॉपी निकाली।

बहुत देर तक खाली पन्ना देखा।

फिर लिखा—

"आज कोई फैसला नहीं आया।"

कुछ सेकंड बाद—

"लेकिन आज पहली बार समझ आया कि इंतजार सिर्फ बाहर नहीं लगता।"

फिर नीचे लिखा—

"कुछ लोग बोलते नहीं कि उन्हें देखो। वे बस मान लेते हैं कि एक दिन देखा जाएगा।"

वह लिखकर रुक गया।

फिर बहुत धीरे आख़िरी लाइन लिखी—

"मुझे डर है कि कहीं मैं उस दिन का इंतजार बहुत लंबा तो नहीं कर चुका।"

रिपोर्ट आने में कुछ दिन लगने थे। डॉक्टर ने जाते समय बहुत सामान्य तरीके से कहा था—"रिपोर्ट लेकर आ जाइए।" आवाज़ में कुछ ऐसा नहीं था जिससे डर लगे। लेकिन राघव ने महसूस किया कि डर हमेशा शब्दों से नहीं आता। कई बार

वह उन बातों से आता है जिन्हें लोग सामान्य मानकर बोल देते हैं।

उस दिन के बाद राघव बदलने की कोशिश नहीं कर रहा था।

वह बस देखने लगा था।

और देखने से चीज़ें बदलने लगी थीं।

उसे पता चला कि मीरा सुबह उठने के बाद कुछ मिनट बैठी रहती है।

कई बार चाय ठंडी हो जाती है।

वह पहले जैसी जल्दी नहीं चलती।

कभी-कभी बात करते हुए भूल जाती है क्या कह रही थी।

पहले भी ऐसा होता होगा।

बस उसने कभी जोड़ा नहीं।

एक शाम वह रसोई में गया।

मीरा कुछ ढूँढ रही थी।

उसने पूछा—

"क्या हुआ?"

वह बोली—

"कुछ नहीं।"

फिर थोड़ी देर बाद पूछा—

"तुम इतनी देर से मुझे क्यों देख रहे हो?"

राघव कुछ सेकंड चुप रहा।

फिर बोला—

"शायद पहले कम देखा।"

मीरा कुछ नहीं बोली।

उसने बस काम पूरा किया।

लेकिन उसकी आँखों में कुछ आया और चला गया।

दो दिन बाद रिपोर्ट आ गई।

राघव खुद लेने गया।

लिफाफा हाथ में आते ही उसे अजीब लगा।

यह सिर्फ कुछ पन्ने थे।

लेकिन उसे अचानक याद आया—

उसने कितनी बार ऐसे लिफाफे खोले हैं।

और हर बार जीवन थोड़ा बदल गया था।

घर आकर उसने लिफाफा नहीं खोला।

मीरा ने पूछा—
"खोलोगे नहीं?"
राघव ने कहा—
"साथ में।"
अगले दिन वे रिपोर्ट लेकर गए।
कमरा शांत था।
डॉक्टर ने रिपोर्ट देखी।
कुछ देर कुछ नहीं कहा।
फिर कुछ सवाल पूछे।
पुरानी बातें।
थकान।
समय।
नींद।
कुछ और जाँचें लिखीं।
और कहा—
"कुछ चीज़ें और देखनी होंगी।"
बस इतना।
राघव ने पूछा—
"कुछ गंभीर है?"
डॉक्टर ने सीधे जवाब नहीं दिया।
बस कहा—
"अभी कहना जल्दी होगा।"
वे बाहर आ गए।
रास्ते में मीरा सामान्य थी।
उसने पूछा—
"इतना सोच क्यों रहे हो?"
राघव ने कहा—
"तुम नहीं सोच रही?"
वह हल्का मुस्कुराई।
"बहुत साल से एक चीज़ सीखी है।"
राघव उसकी तरफ देखने लगा।
वह बोली—

"जब जवाब न हो... तब डर आगे भागने लगता है।"
कुछ देर बाद बोली—
"अभी कुछ पता नहीं।"
घर लौटते समय राघव चुप था।
उसे अचानक गुस्सा आया।
अपने ऊपर।
किसी और पर नहीं।
उसे याद आया—
कितनी बार मीरा ने कहा था—
"चलो।"
और उसने कहा—
"अभी नहीं।"
कितनी बार उसने सोचा—
पहले ये मामला।
फिर बाकी सब।
और पहली बार उसे लगा—
जिंदगी ने कभी उससे ऐसा वादा किया ही नहीं था।
शाम को वकील का संदेश आया—
"कुछ प्रगति हुई है। बात करनी है।"
राघव गया।
वकील आज थका हुआ लग रहा था।
उसने बैठते ही कहा—
"कुछ दस्तावेज़ आगे बढ़े हैं।"
राघव चुप।
वकील बोला—
"लेकिन विरोध भी आया है।"
राघव ने पूछा—
"मतलब?"
वकील कुछ सेकंड चुप रहा।
फिर बोला—
"जैसे-जैसे सवाल आधिकारिक होते हैं..."
वह रुका।

"...वैसे-वैसे लोग असहज होने लगते हैं।"

राघव ने पूछा—

"तो?"

वकील ने उसकी तरफ देखा।

और बहुत धीरे कहा—

"अब ये सिर्फ इंतजार नहीं रहेगा।"

कुछ सेकंड बाद—

"अब कुछ लोग चाहेंगे कि ये सवाल खत्म हो जाए।"

कमरे में चुप्पी रही।

राघव ने पूछा—

"और आप?"

वकील हल्का मुस्कुराया।

"अभी हूँ।"

राघव ने पहली बार उसके जवाब को ध्यान से सुना।

अभी हूँ।

पहले उसने कभी ऐसा नहीं कहा था।

घर लौटते समय अचानक उसे वह लाइन याद आई—

लंबे मामलों में फाइल अकेली नहीं चलती।

उस रात उसने कॉपी खोली।

बहुत देर तक लिखा नहीं।

फिर लिखा—

"आज समझ आया कि देर सिर्फ समय नहीं लेती।"

कुछ सेकंड बाद—

"धीरे-धीरे वह लोगों को भी उधार पर रखने लगती है।"

फिर उसने पेन रखा।

और पहली बार—

उसे यह डर सिर्फ अपने लिए नहीं लगा कि कहीं बहुत देर न हो जाए।

अगले कुछ दिनों में चीज़ों की गति बाहर से धीमी नहीं हुई, लेकिन अंदर से बदल गई थी। अब हर कॉल, हर संदेश, हर बैठक में एक अजीब सी सख्ती आ गई थी। पहले यह मामला सिर्फ लंबा था। अब यह किसी चीज़ से टकराने लगा था।

राघव को पहली बार यह महसूस हुआ कि अब सवाल सिर्फ "क्या हुआ था" नहीं रहा।

अब सवाल था—

"क्यों पूछा जा रहा है।"

वकील ने उसे एक सुबह बुलाया।

इस बार वह बिना फाइल खोले बैठा रहा।

उसने कहा—

"अब हम ऐसे चरण में हैं जहाँ लोग सवालों से ज्यादा सवाल करने वालों को देखेंगे।"

राघव ने पूछा—

"मतलब?"

वकील ने सीधा जवाब दिया—

"मतलब तुम अब अकेले नहीं दिखोगे, लेकिन अकेले टारगेट हो सकते हो।"

राघव कुछ नहीं बोला।

वकील ने आगे कहा—

"कुछ लोगों को ये पसंद नहीं आएगा कि तुमने सिर्फ शिकायत नहीं की... तुमने पैटर्न दिखा दिया है।"

राघव ने पहली बार शब्द ध्यान से सुने।

"पैटर्न।"

वकील ने सिर हिलाया।

"और पैटर्न खतरनाक होता है।"

कमरे में कुछ देर शांति रही।

फिर वकील ने एक कागज़ आगे किया।

"ये नोटिस है।"

राघव ने पढ़ा।

उसमें उसके केस की "समीक्षा प्रक्रिया" पर आपत्ति दर्ज की गई थी।

किसी ने कहा था कि उसकी शिकायत "अत्यधिक अनुमान आधारित" है।

और यह भी कि प्रक्रिया "अनावश्यक रूप से जटिल की जा रही है।"

राघव ने कागज़ नीचे रख दिया।

उसने पूछा—

"अब?"

वकील ने कहा—

"अब तुम्हें समझना होगा कि ये सिर्फ कानूनी लड़ाई नहीं रही।"

राघव चुप।

वकील ने पहली बार सीधे उसकी आँखों में देखा।
"अब ये अस्तित्व की लड़ाई है।"
घर लौटते समय राघव ने कुछ नहीं सोचा।
यह नई बात थी।
पहले वह हर चीज़ सोचता था।
अब वह बस देख रहा था।
घर पहुँचा तो मीरा सोफे पर बैठी थी।
थकी हुई।
राघव ने पूछा—
"कैसा लग रहा है?"
मीरा ने कहा—
"ठीक।"
लेकिन उसने अपना हाथ हल्का सा पेट पर रखा था।
राघव ने यह देखा।
लेकिन इस बार उसने तुरंत सवाल नहीं किया।
वह बस बैठ गया।
कुछ देर बाद मीरा ने कहा—
"डॉक्टर ने कुछ और टेस्ट लिखे हैं।"
राघव ने सिर हिलाया।
"कल?"
"हाँ।"
राघव ने कहा—
"मैं साथ चलूँगा।"
मीरा ने उसकी तरफ देखा।
"तुम्हारा केस?"
राघव ने हल्का सा मुस्कुराया।
"अब दोनों साथ चलेंगे।"
मीरा कुछ नहीं बोली।
लेकिन उसकी आँखें थोड़ी देर देर तक रुकी रहीं।
अगले दिन वे फिर गए।
इस बार डॉक्टर पहले से ज्यादा गंभीर था।
कुछ रिपोर्ट देखीं।

कुछ सवाल पूछे।
फिर लंबी चुप्पी।
राघव ने पूछा—
"सीधे बताइए।"
डॉक्टर ने साँस ली।
और बहुत धीरे कहा—
"हमें और जांच करनी होगी।"
बस इतना।
लेकिन उस कमरे का माहौल बदल गया।
मीरा शांत थी।
बहुत शांत।
राघव ने उसका हाथ देखा।
इस बार उसने कुछ नहीं कहा।
घर लौटते समय आरव स्कूल से वापस आ चुका था।
उसने दरवाज़े पर पूछा—
"सब ठीक?"
मीरा ने मुस्कुराने की कोशिश की।
"हाँ।"
लेकिन मुस्कान देर से आई।
और बच्चों को देर से आई मुस्कानें भी समझ में आने लगती हैं।
रात को वकील का कॉल आया।
राघव बाहर चला गया।
वकील ने कहा—
"कुछ दबाव आ रहा है।"
राघव ने पूछा—
"किस तरफ से?"
वकील ने जवाब दिया—
"जिस तरफ से उम्मीद नहीं थी।"
राघव चुप।
वकील ने धीरे कहा—
"अब तुम्हें तैयार रहना होगा कि तुम्हारे खिलाफ भी कहानी बनाई जाएगी।"
राघव ने पूछा—

"कौन सी कहानी?"

वकील ने कहा—

"कि तुमने गलत समझा।"

कुछ सेकंड बाद—

"या तुमने बढ़ा-चढ़ाकर देखा।"

राघव ने कुछ नहीं कहा।

वकील ने आखिरी बात कही—

"और ये सबसे आसान कहानी होती है।"

कॉल कट गया।

राघव कुछ देर फोन देखता रहा।

फिर उसने आकाश की तरफ देखा।

और पहली बार उसे लगा—

लड़ाई अब बाहर नहीं थी।

लड़ाई इस बात की थी कि उसकी देखी हुई चीज़ें भी साबित करनी पड़ेंगी।

उस रात राघव बहुत देर तक जागता रहा। अब नींद सिर्फ थकान का परिणाम नहीं थी, वह किसी निष्कर्ष का इंतजार करने लगी थी। लेकिन निष्कर्ष दोनों तरफ से नहीं आ रहे थे—न केस में, न घर में।

मीरा दूसरे कमरे में लेटी थी। आरव सो चुका था।

घर शांत था, लेकिन वह शांति पहले जैसी सुरक्षित नहीं थी। अब उसमें कुछ अधूरा था।

सुबह वकील ने मिलने को बुलाया।

इस बार उसने पहले से साफ कहा—

"अब एक कदम और बढ़ेगा।"

राघव ने पूछा—

"कौन सा?"

वकील ने फाइल मेज पर रखी।

"रिकॉर्ड की औपचारिक जांच।"

राघव ने धीरे पूछा—

"मतलब ये पहले नहीं थी?"

वकील ने सिर हिलाया।

"नहीं। अब तक तुम शिकायत कर रहे थे। अब तुम्हारी शिकायत की जांच होगी।"

राघव कुछ देर चुप रहा।

फिर बोला—

"और इसमें क्या बदलता है?"

वकील ने कहा—

"अब तुम सिर्फ दावेदार नहीं हो।"

वह रुका।

"अब तुम भी जांच का हिस्सा हो।"

राघव ने उसकी तरफ देखा।

"मुझसे क्या पूछेंगे?"

वकील ने सीधा जवाब दिया—

"सब।"

कमरे में कुछ देर शांति रही।

फिर वकील ने बहुत धीरे कहा—

"और अब बाहर भी ध्यान तुम्हारी तरफ आएगा।"

राघव ने पूछा—

"क्यों?"

वकील ने कहा—

"क्योंकि जब सिस्टम खुद पर सवाल देखता है..."

वह रुका।

"...तो वह पूछने वाले को पहले जांचता है।"

घर लौटते समय राघव को पहली बार लगा कि उसके कदम भारी नहीं हैं—बल्कि बंधे हुए हैं।

मीरा ने दरवाज़ा खोला।

उसने देखा—

उसका चेहरा सामान्य नहीं था।

मीरा ने पूछा—

"क्या हुआ?"

राघव ने कहा—

"अब वो हमें भी देखेंगे।"

मीरा कुछ सेकंड चुप रही।

फिर बोली—

"मैंने कहा था न..."

राघव ने उसकी तरफ देखा।
वह आगे बोली—
"कि जब सवाल बड़ा हो जाता है, तो जवाब छोटा नहीं रहता।"
राघव कुछ नहीं बोला।
उस रात आरव ने पूछा—
"पापा, आप फिर बाहर जाओगे?"
राघव ने कहा—
"हाँ।"
आरव ने पूछा—
"फिर कब आओगे?"
राघव रुका।
पहले वह तुरंत जवाब देता था।
अब वह सोचता था।
फिर बोला—
"जल्दी।"
आरव ने सिर हिलाया।
लेकिन उसकी आँखें देर तक रुकी रहीं।
अगले दिन जांच शुरू हुई।
राघव को कई दस्तावेज़ फिर से देने पड़े।
वही कागज़ जो वह पहले दे चुका था।
अब हर पन्ना फिर से देखा जा रहा था।
हर तारीख फिर से पूछी जा रही थी।
एक अधिकारी ने पूछा—
"आपको कैसे पता चला कि कुछ गलत है?"
राघव ने कहा—
"क्योंकि चीज़ें गायब होती रहीं।"
अधिकारी ने पूछा—
"क्या आपके पास इसका सीधा प्रमाण है?"
राघव चुप रहा।
फिर बोला—
"अनुभव है।"
कमरे में हल्की हँसी जैसी आवाज़ आई।

लेकिन कोई हँसा नहीं था।

बैठक खत्म हुई।

बाहर आते समय वकील ने कहा—

"अब असली परीक्षा शुरू हुई है।"

राघव ने पूछा—

"किसकी?"

वकील ने कहा—

"तुम्हारी स्मृति की।"

राघव ने पूछा—

"मतलब?"

वकील ने कहा—

"अब तुम्हें साबित करना होगा कि तुमने जो देखा... वह याद भी सही है।"

राघव चुप।

वह पहली बार कुछ देर तक वहीं खड़ा रहा।

घर लौटते समय उसे लगा—

अब केस सिर्फ न्याय का नहीं रहा।

अब केस इस बात का था कि एक आदमी अपनी ही यादों पर कितना भरोसा कर सकता है।

अगले कुछ दिनों में राघव की दुनिया धीरे-धीरे दो हिस्सों में बँटने लगी। एक हिस्सा घर था, जहाँ मीरा और आरव थे, और दूसरा हिस्सा वह सब था जहाँ उसे लगातार यह साबित करना पड़ रहा था कि वह जो कह रहा है, वह सही है।

और इन दोनों हिस्सों के बीच कोई सीधी दीवार नहीं थी।

बस एक लगातार थकान थी।

जांच के अगले चरण में उसे कई बार बुलाया गया। हर बार वही सवाल अलग भाषा में पूछे जाते थे। हर बार वही जवाब नए शक के साथ वापस आता था।

एक दिन एक अधिकारी ने फाइल बंद करते हुए कहा—

"आपकी बात समझ में आ रही है, लेकिन रिकॉर्ड से मेल नहीं खा रही।"

राघव ने धीरे पूछा—

"तो किस पर भरोसा किया जाएगा?"

अधिकारी ने बिना भाव के कहा—

"रिकॉर्ड पर।"

राघव कुछ देर चुप रहा।

फिर बोला—

"और अगर रिकॉर्ड गलत हो?"

अधिकारी ने कहा—

"तो उसे साबित करना होगा।"

राघव ने हल्की साँस ली।

"मैंने यही तो चार साल से किया है।"

कोई जवाब नहीं आया।

बाहर आते समय वकील ने कुछ नहीं कहा।

बस चलते रहे।

फिर सीढ़ियों पर रुककर बोला—

"अब एक बात समझ लो।"

राघव ने उसकी तरफ देखा।

वकील ने कहा—

"अब तुम सिर्फ केस नहीं लड़ रहे।"

वह रुका।

"अब तुम भाषा लड़ रहे हो।"

राघव ने पूछा—

"मतलब?"

वकील ने समझाया—

"तुम जो कहते हो... वो तब तक सच नहीं माना जाएगा जब तक वह उनके सिस्टम में फिट न हो।"

राघव चुप।

वकील ने कहा—

"और सिस्टम अपनी भाषा कभी जल्दी नहीं बदलता।"

घर लौटते समय राघव ने रास्ते में कुछ नहीं सोचा।

यह नई बात नहीं थी।

लेकिन अब यह आदत बन रही थी।

घर पहुँचा तो मीरा सोफे पर बैठी थी।

थकी हुई।

उसने पूछा—

"फिर बुलाया था?"

राघव ने सिर हिलाया।

"क्या कहा?"

राघव ने कहा—

"कि मैं जो कह रहा हूँ... वो उनके रिकॉर्ड से मेल नहीं खा रहा।"

मीरा कुछ सेकंड चुप रही।

फिर बोली—

"और तुम्हें कैसा लगा?"

राघव ने बहुत देर बाद कहा—

"जैसे मैं खुद से झगड़ रहा हूँ।"

मीरा ने उसकी तरफ देखा।

कुछ नहीं बोली।

रात को आरव ने पूछा—

"पापा, आप सच बोल रहे हो न?"

राघव रुक गया।

"क्यों?"

आरव ने कहा—

"स्कूल में आज किसी ने कहा था कि अगर सबूत न हो तो बात गलत हो सकती है।"

राघव कुछ देर चुप रहा।

फिर बोला—

"सच और सबूत हमेशा एक जैसे नहीं होते।"

आरव ने पूछा—

"तो फिर क्या सही होता है?"

राघव कुछ नहीं बोला।

उसके पास उस सवाल का आसान जवाब नहीं था।

रात को वकील का संदेश आया—

"अगले हफ्ते सुनवाई है। तैयार रहो।"

उस रात राघव ने कॉपी नहीं खोली।

पहली बार नहीं क्योंकि वह भूल गया था।

बल्कि इसलिए क्योंकि उसे नहीं पता था—

अब वह क्या लिखे।

अगले हफ्ते की सुनवाई का दिन जैसे-जैसे करीब आता गया, घर का माहौल बिना बोले बदलने लगा। कोई तैयारी नहीं थी, लेकिन सब तैयार थे। राघव बाहर से

सामान्य रहने की कोशिश कर रहा था, लेकिन भीतर एक तनाव था जो अब स्थायी हो चुका था।

मीरा ने उस सुबह कप रखते हुए कहा—

"आज ज्यादा देर मत करना।"

राघव ने सिर हिलाया।

आरव ने जाते-जाते पूछा—

"आज फैसला होगा?"

राघव ने कहा—

"नहीं।"

आरव ने पूछा—

"तो फिर?"

राघव ने कहा—

"आज सुना जाएगा।"

आरव ने सिर हिलाया जैसे यह फर्क समझ आ गया हो।

लेकिन राघव जानता था—यह फर्क सबसे खतरनाक होता है।

सुनवाई वाला कमरा पहले से ज्यादा भरा हुआ था।

इस बार सिर्फ अधिकारी नहीं थे।

कुछ और लोग भी थे।

वकील पहले से बैठा था।

उसने राघव को देखकर बस सिर हिलाया।

आज उसने ज्यादा फाइलें नहीं खोलीं।

बस कहा—

"आज ज्यादा बोलने की जरूरत नहीं होगी।"

राघव ने पूछा—

"क्यों?"

वकील ने कहा—

"क्योंकि आज वे सुनने से ज्यादा देखेंगे।"

राघव कुछ समझ नहीं पाया।

सुनवाई शुरू हुई।

पहले कुछ औपचारिक बातें।

फिर केस का विवरण।

फिर वही सवाल जो अब पुराने हो चुके थे।

लेकिन इस बार टोन अलग था।

एक अधिकारी ने कहा—

"आपके आरोप गंभीर हैं, लेकिन अभी भी पर्याप्त स्वतंत्र पुष्टि नहीं है।"

राघव ने तुरंत कहा—

"और जो चीज़ें गायब हुईं?"

अधिकारी ने कहा—

"उस पर भी कोई निर्णायक प्रमाण नहीं है।"

राघव कुछ सेकंड चुप रहा।

फिर बोला—

"तो फिर मैं क्या करूँ?"

कमरे में हल्की हलचल हुई।

वकील ने उसे हल्के से रोकने की कोशिश की, लेकिन राघव आगे बोल चुका था।

"अगर मैं सही हूँ लेकिन साबित नहीं कर पा रहा... तो क्या मैं गलत हो जाता हूँ?"

कोई जवाब नहीं आया।

एक वरिष्ठ अधिकारी ने कहा—

"हम भावनाओं के आधार पर निर्णय नहीं ले सकते।"

राघव ने उसकी तरफ देखा।

"मैं भी नहीं मांग रहा।"

वह रुका।

"मैं सिर्फ पूछ रहा हूँ कि अगर एक आदमी बार-बार वही बात कहे... और हर बार उसे गलत समझा जाए... तो गलती किसकी है?"

कमरे में चुप्पी फैल गई।

वकील ने धीरे से कहा—

"बस।"

लेकिन राघव अब रुक नहीं रहा था।

"चार साल मैंने दस्तावेज़ दिए।"

"चार साल मैंने रसीदें दिखाईं।"

"चार साल मैंने इंतजार किया।"

वह रुका।

"और अब मुझे कहा जा रहा है कि मेरे पास पर्याप्त पुष्टि नहीं है।"

उसकी आवाज़ भारी नहीं थी।
बस थकी हुई थी।
कमरे में कोई जवाब नहीं दे रहा था।
अंत में एक अधिकारी ने कहा—
"हम आपकी बात दर्ज कर रहे हैं।"
राघव ने हल्की हँसी जैसी आवाज़ में कहा—
"यही तो समस्या है।"
वह रुका।
"सब कुछ दर्ज हो रहा है... लेकिन कुछ बदल नहीं रहा।"
बैठक समाप्त हो गई।
बाहर आते समय वकील ने कुछ देर तक कुछ नहीं कहा।
फिर सीढ़ियों पर रुककर बोला—
"आज तुमने गलती नहीं की।"
राघव ने पूछा—
"फायदा?"
वकील ने कहा—
"अभी नहीं।"
घर लौटते समय राघव खिड़की से बाहर देखता रहा।
मीरा ने पूछा—
"क्या हुआ?"
राघव ने कहा—
"आज मैंने पहली बार सीधे पूछा।"
मीरा ने पूछा—
"और जवाब?"
राघव ने कहा—
"कोई नहीं।"
मीरा कुछ देर चुप रही।
फिर बोली—
"शायद यही जवाब है।"
रात को आरव ने पूछा—
"पापा, आज आप गुस्सा थे?"
राघव ने कहा—

"नहीं।"

आरव ने पूछा—

"तो फिर?"

राघव ने बहुत धीरे कहा—

"थका हुआ था।"

आरव ने सिर हिलाया।

जैसे यह बात वह समझ सकता है।

उस रात राघव ने कॉपी खोली।

लेकिन इस बार उसने कुछ लिखा नहीं।

उसने बस पन्ने पलटे।

और आख़िर में लिखा—

"आज पहली बार मुझे समझ आया कि सिस्टम हमेशा गलत नहीं होता... बस कभी-कभी वह इंसान को नहीं देखता।"

फिर पेन रखा।

और पहली बार उसे यह डर नहीं था कि वह लड़ रहा है।

उसे यह डर था कि कहीं वह धीरे-धीरे गायब तो नहीं हो रहा।

उस सुनवाई के बाद कुछ दिनों तक कोई नई तारीख नहीं आई। न कोई कॉल, न कोई नोटिस। यह वही तरह की चुप्पी थी जिससे राघव अब डरने लगा था। पहले वह चुप्पी को राहत समझता था, अब उसे लगता था चुप्पी कभी खाली नहीं होती—उसमें बस काम धीमे-धीमे चलते रहते हैं।

घर में भी बदलाव साफ था, लेकिन बिना शोर के।

मीरा अब भी रोज़ की तरह सब संभाल रही थी, लेकिन उसकी थकान छिपी नहीं रही थी। वह कम बोलती थी। ज्यादा देखती थी। और जब बोलती थी, तो वाक्य छोटे होते थे।

आरव सामान्य था, लेकिन उसकी सामान्यता पहले जैसी मासूम नहीं थी।

एक शाम उसने अचानक पूछा—

"पापा, अगर केस खत्म हो गया तो आप क्या करोगे?"

राघव चौंका नहीं, लेकिन रुका।

फिर बोला—

"काम।"

आरव ने पूछा—

"वही काम?"

राघव ने सिर हिलाया।

आरव कुछ देर चुप रहा।

फिर बोला—

"और अगर खत्म नहीं हुआ?"

राघव ने उसकी तरफ देखा।

यह सवाल अब उसे हर जगह सुनाई देने लगा था।

वह धीरे बोला—

"तो भी काम।"

आरव ने सिर हिलाया, जैसे उसने कोई गणित समझ लिया हो।

लेकिन राघव जानता था—

यह जवाब आरव के लिए नहीं था।

यह खुद को दिया गया था।

उस रात वकील का कॉल आया।

राघव बाहर गया।

वकील की आवाज़ इस बार पहले से धीमी थी।

"कुछ चीज़ें आगे बढ़ी हैं।"

राघव ने पूछा—

"अच्छी या बुरी?"

वकील ने कहा—

"दोनों।"

राघव चुप रहा।

वकील ने आगे कहा—

"कुछ रिकॉर्ड्स पर सवालों के जवाब मिले हैं।"

राघव ने पूछा—

"और?"

वकील ने कहा—

"और अब सवाल और बढ़ गए हैं।"

राघव ने आँखें बंद कर लीं।

"कितने?"

वकील ने हल्की साँस ली।

"इतने कि अब यह केस सिर्फ फाइल नहीं रहा।"

राघव ने धीरे पूछा—

"फिर क्या रहा?"
वकील ने कहा—
"अब यह सिस्टम का आईना बन रहा है।"
कुछ सेकंड बाद उसने जोड़ा—
"और आईना किसी को पसंद नहीं आता।"
कॉल खत्म हो गया।
राघव कुछ देर खड़ा रहा।
फिर अंदर आया।
मीरा ने पूछा—
"क्या हुआ?"
राघव ने कहा—
"अब मामला और बड़ा हो गया है।"
मीरा ने धीरे पूछा—
"तुम्हारे लिए अच्छा है या बुरा?"
राघव ने बिना सोचे कहा—
"पता नहीं।"
और यही पहली बार था जब यह जवाब उसे सच लगा।
अगले दिन उसे फिर बुलाया गया।
इस बार कमरे का माहौल अलग था।
कागज़ ज्यादा थे।
लोग कम थे, लेकिन ध्यान ज्यादा था।
वकील पहले से बैठा था।
उसने फाइल खोली नहीं।
बस कहा—
"अब एक चीज़ समझो।"
राघव ने उसकी तरफ देखा।
वकील ने कहा—
"अब वे तुम्हारे केस को नहीं देख रहे।"
वह रुका।
"वे यह देख रहे हैं कि इसे कैसे रोका जाए।"
राघव ने धीरे पूछा—
"क्यों?"

वकील ने कहा—

“क्योंकि यह अब सिर्फ एक व्यक्ति का मामला नहीं रहा।”

कमरे में कुछ सेकंड चुप्पी रही।

फिर वकील ने बहुत धीरे कहा—

“अब यह उदाहरण बन गया है।”

राघव ने पूछा—

“किसका?”

वकील ने कहा—

“या तो सुधार का।”

वह रुका।

“...या फिर चेतावनी का।”

राघव ने उसकी तरफ देखा।

पहली बार उसे लगा कि अब यह केस उसके नियंत्रण में नहीं रहा।

घर लौटते समय उसने मीरा से कुछ नहीं कहा।

लेकिन वह उसे देखता रहा।

जैसे पहली बार वह किसी परिचित चीज़ को नए तरीके से देख रहा हो।

रात को उसने कॉपी खोली।

इस बार उसने लिखा—

“पहले मुझे लगता था मैं केस लड़ रहा हूँ।”

कुछ सेकंड बाद—

“अब लगता है केस मुझे लड़ रहा है।”

और आख़िर में—

“और मैं नहीं जानता कौन जीत रहा है।”

अगले कुछ दिनों में केस का नाम कहीं न कहीं बदलने लगा। कागज़ों में वही शब्द थे, वही धाराएँ थीं, वही संदर्भ थे—लेकिन अब उनके साथ एक नई सावधानी जुड़ गई थी। जैसे हर पंक्ति के पीछे कोई अतिरिक्त अर्थ खोजा जा रहा हो।

राघव को बार-बार बुलाया जाने लगा, लेकिन हर बार पूछताछ कम और निरीक्षण ज्यादा होता गया।

एक दिन कमरे में एक नए अधिकारी ने कहा—

“आपको समझना होगा कि हर दावे का प्रभाव होता है।”

राघव ने सीधा जवाब दिया—

“मुझे सिर्फ यह समझ आता है कि हर अनदेखी का भी प्रभाव होता है।”

कमरे में हल्की हलचल हुई।

वकील ने उसकी तरफ देखा, लेकिन उसे रोका नहीं।

अब शायद रोकने का समय निकल चुका था।

बैठक के बाद बाहर आते समय वकील ने धीरे कहा—

"तुम अब धीरे-धीरे सिस्टम की भाषा सीख रहे हो।"

राघव ने पूछा—

"या सिस्टम मेरी आवाज़ दबा रहा है?"

वकील ने कुछ देर बाद कहा—

"दोनों एक साथ हो सकते हैं।"

यह जवाब राघव को पसंद नहीं आया, लेकिन वह समझ गया कि यह गलत भी नहीं था।

घर लौटने पर मीरा दरवाज़े पर ही खड़ी थी।

उसने पूछा—

"फिर क्या हुआ?"

राघव ने कहा—

"अब वे मुझे समझने की कोशिश नहीं कर रहे।"

मीरा ने पूछा—

"फिर?"

राघव ने बहुत धीरे कहा—

"अब वे तय कर रहे हैं कि मैं कितना सही हूँ।"

मीरा कुछ सेकंड चुप रही।

फिर बोली—

"और अगर वे तय कर लें कि तुम सही नहीं हो?"

राघव ने उसकी तरफ देखा।

यह सवाल पहले भी पूछा गया था, लेकिन अब उसका वजन अलग था।

वह बोला—

"तो फिर मैं गलत हो जाऊँगा।"

मीरा ने तुरंत कहा—

"और तुम हो?"

राघव रुका।

बहुत देर बाद बोला—

"मुझे नहीं पता।"

रात को आरव ने फिर वही सवाल पूछा—
"पापा, आप जीतोगे?"
इस बार राघव ने तुरंत जवाब नहीं दिया।
वह आरव के पास बैठ गया।
फिर बोला—
"जीत हमेशा सीधी नहीं होती।"
आरव ने पूछा—
"तो फिर क्या होता है?"
राघव ने कहा—
"कभी-कभी सिर्फ लड़ाई खत्म होती है।"
आरव ने सिर हिलाया, लेकिन उसकी आँखों में संतोष नहीं था।
उस रात वकील का संदेश आया—
"कल एक अहम फ़ाइल सामने आएगी।"
अगले दिन राघव पहले से ज्यादा चुप था।
फाइल खोली गई।
इस बार दस्तावेज़ अलग थे।
उनमें कुछ पुराने निर्णयों पर पुनर्विचार की बातें थीं।
कुछ अंदरूनी टिप्पणियाँ थीं।
और कुछ ऐसे नोट्स थे जो आधिकारिक नहीं लगते थे।
वकील ने एक पन्ना आगे किया।
राघव ने पढ़ा।
उसके केस से जुड़े एक पुराने चरण में—
"प्रक्रिया में असामान्य देरी और पुनर्निर्देशन" का उल्लेख था।
राघव ने धीरे पूछा—
"ये पहले क्यों नहीं दिखा?"
वकील ने कहा—
"क्योंकि अब दिखाया गया है।"
राघव ने उसकी तरफ देखा।
वकील ने बहुत शांत स्वर में कहा—
"अब सवाल यह नहीं है कि क्या हुआ।"
वह रुका।
"अब सवाल यह है कि इसे छुपाया क्यों गया।"

राघव ने फाइल बंद कर दी।

धीरे से कहा—

“तो अब?”

वकील ने कहा—

“अब वे या तो जवाब देंगे...”

वह रुका।

“...या फिर इसे और जटिल करेंगे।”

राघव ने पहली बार थकान महसूस की।

ऐसी थकान जो नींद से नहीं जाती।

घर लौटते समय मीरा ने पूछा—

“कुछ नया?”

राघव ने कहा—

“सब नया है और कुछ भी नया नहीं।”

मीरा उसे देखती रही।

फिर बोली—

“तुम बदल गए हो।”

राघव ने धीरे पूछा—

“अच्छा या बुरा?”

मीरा ने कहा—

“थका हुआ।”

राघव ने कोई जवाब नहीं दिया।

रात को उसने कॉपी खोली।

लेकिन इस बार उसने लिखा नहीं।

लंबे समय तक खाली पन्ना देखता रहा।

फिर आखिर में लिखा—

“अब मुझे समझ नहीं आ रहा कि सच भारी हो रहा है या उसका इंतजार।”

अगली सुबह राघव जब उठा तो उसे पहली बार यह महसूस हुआ कि नींद पूरी होने के बावजूद थकान खत्म नहीं हुई। शरीर ठीक था, लेकिन मन जैसे किसी लंबी दौड़ के बाद भी उसी लाइन पर खड़ा था जहाँ से शुरुआत हुई थी।

वकील ने उसे जल्दी बुलाया था।

इस बार संदेश छोटा था—

“आज निर्णायक चरण जैसा कुछ आएगा।”

राघव ने यह पढ़कर कोई प्रतिक्रिया नहीं दी। पहले होता तो वह सोचता, अनुमान लगाता, तैयार होता। अब वह बस समय के साथ चल रहा था।

कमरे में पहुँचते ही माहौल बदल हुआ लगा।

वकील पहले से वहाँ था, लेकिन आज उसकी फाइलें बंद थीं।

उसने राघव को बैठते ही देखा और कहा—

"अब हम उस बिंदु पर हैं जहाँ चीज़ें या तो साफ होंगी या और धुंधली।"

राघव ने पूछा—

"कौन सा होगा?"

वकील ने बहुत सीधा जवाब दिया—

"यह हमारे हाथ में नहीं है।"

कुछ देर बाद फाइल खोली गई।

इस बार कागज़ अलग थे।

एक औपचारिक नोट था।

जिसमें लिखा था कि मामले की "पुनः समीक्षा पूर्ण करने हेतु अतिरिक्त सत्यापन आवश्यक है।"

राघव ने पढ़ा।

फिर धीरे पूछा—

"इसका मतलब?"

वकील ने कहा—

"इसका मतलब है कि अब वे इसे रोक भी सकते हैं... और बढ़ा भी सकते हैं।"

राघव ने फाइल नीचे रख दी।

उसके चेहरे पर कोई खास प्रतिक्रिया नहीं थी।

लेकिन उसके हाथ थोड़े ठंडे हो गए थे।

वकील ने आगे कहा—

"और एक बात।"

राघव ने उसकी तरफ देखा।

वकील ने कहा—

"अब तुम पर सीधा ध्यान है।"

राघव ने पूछा—

"किसका?"

वकील ने कहा—

"सिर्फ केस का नहीं।"

वह रुका।

"पूरे सिस्टम का।"

यह सुनकर राघव कुछ सेकंड चुप रहा।

फिर बोला—

"तो अब मैं क्या करूँ?"

वकील ने पहली बार बहुत साधारण स्वर में कहा—

"सच बोलते रहो।"

राघव ने हल्की हँसी जैसी आवाज़ में कहा—

"यही तो मैं चार साल से कर रहा हूँ।"

वकील ने उसकी तरफ देखा।

और बहुत धीमे कहा—

"अब फर्क यह है कि अब इसे परखा जाएगा।"

घर लौटते समय रास्ता लंबा नहीं था, लेकिन राघव को लगा जैसे वह धीरे-धीरे चल रहा है। हर कदम के साथ एक अनिश्चितता जुड़ी हुई थी।

घर पहुँचा तो मीरा बैठी थी।

उसने पूछा—

"क्या हुआ?"

राघव ने कहा—

"अब तय होगा कि आगे क्या होगा।"

मीरा ने पूछा—

"तुम्हें क्या लगता है?"

राघव ने बहुत देर बाद कहा—

"मुझे कुछ भी तय लगता नहीं है।"

मीरा कुछ सेकंड चुप रही।

फिर बोली—

"तुम अब पहले जैसे नहीं बोलते।"

राघव ने उसकी तरफ देखा।

"पहले कैसे बोलता था?"

मीरा ने हल्का सा मुस्कुराकर कहा—

"पक्का।"

राघव ने कुछ नहीं कहा।

रात को आरव ने पूछा—

"पापा, अगर सब ठीक हो गया तो हम खुश होंगे?"

राघव ने उसे देखा।

फिर धीरे बोला—

"हम अभी भी खुश हो सकते हैं।"

आरव ने पूछा—

"अभी?"

राघव रुका।

फिर कहा—

"हाँ।"

और पहली बार उसने खुद पर विश्वास नहीं किया, लेकिन जवाब दे दिया।

उस रात उसने कॉपी खोली।

लंबे समय तक कुछ नहीं लिखा।

फिर आखिर में सिर्फ इतना लिखा—

"आज मुझे समझ आया कि इंतजार का अंत हमेशा जीत नहीं होता।"

कुछ देर बाद उसने एक और लाइन लिखी—

"कभी-कभी वह सिर्फ एक और अध्याय शुरू करता है।"

उस रात के बाद अगले दो दिन किसी औपचारिक अपडेट के बिना निकल गए। लेकिन यह "खालीपन" नहीं था। यह एक तरह का स्थिर दबाव था, जैसे कुछ बड़ा अंदर ही अंदर तैयार हो रहा हो, बिना आवाज़ किए।

राघव अब नोटिस कर रहा था कि हर चीज़ में देरी सामान्य नहीं थी—यह व्यवस्थित थी। कॉल देर से आते थे, जवाब अधूरे होते थे, और हर स्पष्ट चीज़ के बाद एक नया सवाल जुड़ जाता था।

वकील ने उसे तीसरे दिन सुबह बुलाया।

इस बार उसने दरवाज़ा बंद किया और सीधे कहा—

"अब जो होगा, वह तेज़ होगा।"

राघव ने पूछा—

"क्यों?"

वकील ने फाइल मेज पर रखी।

"क्योंकि अब इस केस को लंबा चलाना मुश्किल हो गया है।"

राघव ने धीरे पूछा—

"मेरे लिए या उनके लिए?"

वकील ने बिना हिचक कहा—

"दोनों के लिए।"

उसने एक नया दस्तावेज़ दिखाया।

"यह नोट है कि कुछ अधिकारियों ने इस केस को 'असामान्य रूप से संवेदनशील' माना है।"

राघव ने पूछा—

"इसका मतलब?"

वकील ने कहा—

"इसका मतलब है कि अब इसे बंद भी किया जा सकता है।"

राघव ने सीधा पूछा—

"और खोला?"

वकील ने कहा—

"या फिर किसी और दिशा में ले जाया जा सकता है।"

राघव ने धीरे से कुर्सी पर पीछे झुकते हुए कहा—

"दिशा बदलने से क्या फर्क पड़ता है?"

वकील ने उसे देखा।

"पूरी कहानी बदल जाती है।"

कमरे में कुछ सेकंड चुप्पी रही।

फिर वकील ने पहली बार थोड़ा रुककर कहा—

"और एक बात है।"

राघव ने उसकी तरफ देखा।

वकील ने कहा—

"अब तुम्हारी पत्नी की स्थिति भी रिकॉर्ड में जुड़ गई है।"

राघव का चेहरा थोड़ा सख्त हुआ।

"क्यों?"

वकील ने कहा—

"क्योंकि अब यह सिर्फ केस नहीं रहा।"

वह रुका।

"अब यह असर बन गया है।"

राघव ने धीरे पूछा—

"कैसा असर?"

वकील ने जवाब दिया—

"मानसिक, सामाजिक, और व्यक्तिगत।"

यह शब्द राघव के अंदर भारी पड़ गए।

घर लौटते समय वह बहुत कम बोला।

मीरा ने पूछा—

"क्या हुआ?"

राघव ने कहा—

"अब तुम्हें भी रिकॉर्ड में देख रहे हैं।"

मीरा ने उसे देखा।

लेकिन कोई हैरानी नहीं थी।

बस एक लंबी थकान।

उसने कहा—

"मैं पहले से देखी जा रही थी।"

राघव ने पूछा—

"मतलब?"

मीरा ने बहुत साधारण स्वर में कहा—

"जब तुम हर दिन किसी चीज़ के पीछे भागते हो... तो जो साथ रहता है वह पीछे नहीं छूटता।"

राघव कुछ नहीं बोला।

रात को आरव ने पूछा—

"पापा, अब खत्म होगा?"

राघव ने पहले जैसा जवाब देने की कोशिश नहीं की।

बस कहा—

"बहुत जल्द कुछ बदलेगा।"

आरव ने पूछा—

"अच्छा या बुरा?"

राघव रुका।

फिर बोला—

"दोनों।"

आरव चुप हो गया।

उस रात राघव ने कॉपी खोली।

और पहली बार उसने लिखा—

"आज पहली बार लगा कि यह केस सिर्फ बाहर नहीं चल रहा... यह घर के अंदर भी लिख रहा है।"

कुछ सेकंड बाद उसने जोड़ा—

"और मैं समझ नहीं पा रहा कि कौन किसका हिस्सा बन गया है।"

अगले दिन सुबह मौसम सामान्य था, लेकिन घर में सामान्यता कहीं नहीं थी। राघव ने नोटिस किया कि अब चुप्पी भी एक तय समय पर आती थी—सुबह थोड़ी, दोपहर में लंबी, और रात में लगभग पूरी।

वकील का फोन दोपहर में आया।

इस बार उसकी आवाज़ में वह पुरानी थकान नहीं थी, बल्कि एक तरह की तैयारी थी।

"कल सुनवाई नहीं होगी।"

राघव ने पूछा—

"क्यों?"

वकील ने कहा—

"इसे टाल दिया गया है।"

राघव कुछ सेकंड चुप रहा।

फिर बोला—

"फिर से?"

वकील ने कहा—

"इस बार कारण अलग है।"

राघव ने धीरे पूछा—

"क्या?"

वकील ने जवाब दिया—

"रिकॉर्ड की अंतिम पुष्टि के लिए एक उच्च स्तर की समीक्षा जोड़ी गई है।"

राघव ने कहा—

"मतलब और इंतजार।"

वकील ने कहा—

"मतलब अब फैसला और ऊपर चला गया है।"

राघव ने आँखें बंद कर लीं।

अब वह समझने लगा था—यह केस आगे बढ़ नहीं रहा था, यह ऊपर उठाया जा रहा था, जैसे हर बार उसे जमीन से थोड़ा और दूर कर दिया जाए।

घर लौटते समय उसने कुछ नहीं कहा।

मीरा ने पूछा—

"फिर टल गया?"

राघव ने सिर हिलाया।
मीरा ने बस कहा—
“ठीक है।”
लेकिन इस बार “ठीक है” पहले जैसा नहीं था।
इसमें स्वीकार था, सवाल नहीं।
शाम को आरव ने पूछा—
“तो अब कब होगा?”
राघव ने कहा—
“पता नहीं।”
आरव ने पहली बार कोई और सवाल नहीं किया।
बस चुपचाप अपने कमरे में चला गया।
उसकी यह चुप्पी राघव को पहले से ज्यादा भारी लगी।
रात को वकील ने फिर संदेश भेजा—
“कल मत आना। मैं खुद बताऊँगा।”
यह लाइन असामान्य थी।
राघव ने तुरंत कॉल किया।
वकील ने उठाया नहीं।
दस मिनट बाद जवाब आया—
“सब ठीक है। बस स्थिति बदल रही है।”
राघव ने फोन नीचे रख दिया।
लेकिन “स्थिति बदल रही है” का मतलब अब वह नहीं था जो पहले होता था।
अब इसका मतलब था—कुछ ऐसा जो सीधे नहीं कहा जा रहा।
उस रात उसने कॉपी नहीं खोली।
बस बैठा रहा।
मीरा पास आई।
उसने पूछा—
“तुम डरे हुए हो?”
राघव ने पहली बार बिना सोचे कहा—
“नहीं।”
फिर रुका।
और धीरे बोला—
“मैं समझ नहीं पा रहा।”

मीरा ने पूछा—

"क्या?"

राघव ने कहा—

"कि मैं अब किस चीज़ के लिए लड़ रहा हूँ।"

मीरा कुछ सेकंड उसे देखती रही।

फिर बोली—

"शायद अब लड़ने की जरूरत नहीं है।"

राघव ने उसकी तरफ देखा।

"तो क्या करना है?"

मीरा ने बहुत धीरे कहा—

"शायद जीना।"

यह शब्द बहुत साधारण था।

लेकिन राघव के लिए अचानक सबसे कठिन लगने लगा।

उस रात उसने कॉपी खोली।

बहुत देर तक कुछ नहीं लिखा।

फिर आखिर में सिर्फ इतना लिखा—

"आज पहली बार लगा कि यह लड़ाई मुझसे आगे निकल चुकी है।"

और नीचे—

"और मैं अब सिर्फ उसके पीछे भाग रहा हूँ।"

अगले दिन सुबह वकील खुद घर आया। यह पहली बार था जब वह औपचारिक जगह के बाहर आया था। उसकी मौजूदगी ने घर के माहौल को तुरंत बदल दिया—जैसे कोई बाहरी दुनिया अचानक अंदर आ गई हो।

मीरा ने दरवाज़ा खोला।

वकील ने सिर्फ कहा—

"मुझे राघव से अकेले में बात करनी है।"

राघव बाहर आया।

वकील बिना देर किए बोला—

"केस अब नियंत्रण में नहीं है।"

राघव ने सीधे पूछा—

"किसका नियंत्रण?"

वकील ने जवाब दिया—

"किसी का भी नहीं।"

कमरे में एक भारी चुप्पी फैल गई।

वकील ने आगे कहा—

“ऊपर तक रिपोर्ट चली गई है। और अब यह सिर्फ जांच नहीं है।”

राघव ने धीरे पूछा—

“फिर क्या है?”

वकील ने उसकी तरफ देखा।

“अब यह समीक्षा नहीं, रिएक्शन है।”

राघव ने पूछा—

“किसका रिएक्शन?”

वकील ने कहा—

“सिस्टम का।”

यह शब्द राघव के लिए नया नहीं था, लेकिन अब इसका वजन अलग था।

वकील ने फाइल टेबल पर रखी।

“कुछ चीज़ें हटाई जा रही हैं।”

राघव ने तुरंत पूछा—

“क्या?”

वकील ने जवाब दिया—

“नाम नहीं कह सकते।”

कुछ सेकंड बाद उसने जोड़ा—

“लेकिन संकेत साफ हैं—यह केस अब धीरे-धीरे अलग रूप ले रहा है।”

राघव ने पूछा—

“और मीरा?”

वकील ने कुछ देर बाद कहा—

“उसकी मेडिकल रिपोर्ट भी अब प्रक्रिया का हिस्सा है।”

राघव का चेहरा सख्त हो गया।

“क्यों?”

वकील ने कहा—

“क्योंकि अब हर चीज़ का प्रभाव देखा जा रहा है।”

राघव ने धीरे कहा—

“वह केस नहीं है।”

वकील ने उसे देखा।

“अब वह भी केस का हिस्सा बन गई है।”

घर में पीछे मीरा खड़ी थी।
उसने सब सुन लिया था।
वह धीरे से अंदर आई।
और बस इतना कहा—
“तो अब मैं भी फाइल बन गई हूँ?”
कमरे में कोई जवाब नहीं था।
राघव ने मुंह फेर लिया।
वकील ने बहुत धीमे स्वर में कहा—
“मैं कोशिश कर रहा हूँ, लेकिन अब जो ताकतें शामिल हैं, वे दिखाई नहीं देतीं।”
राघव ने पूछा—
“तो फिर मैं क्या करूँ?”
वकील ने पहली बार बिना किसी कानूनी भाषा के कहा—
“तैयार रहो।”
और यह “तैयार रहो” पहले जैसा नहीं था।
इसमें उम्मीद नहीं थी।
शाम को वकील चला गया।
घर में कोई बात नहीं हुई।
आरव आया तो उसने पूछा—
“सब ठीक है?”
मीरा ने कहा—
“हाँ।”
लेकिन इस बार राघव ने नहीं कहा।
रात को वह बहुत देर तक बैठा रहा।
मीरा पास आई।
उसने धीरे पूछा—
“अब क्या?”
राघव ने बहुत देर बाद कहा—
“अब मुझे नहीं पता मैं किस चीज़ का इंतजार कर रहा हूँ।”
मीरा ने उसकी तरफ देखा।
और बहुत धीरे बोली—
“शायद किसी अंत का।”
राघव ने पहली बार बिना बहस किए सिर हिला दिया।

उस रात उसने कॉपी खोली।

और लिखा—

"आज मुझे समझ आया कि कुछ लड़ाइयाँ खत्म नहीं होतीं।"

कुछ सेकंड बाद—

"वे बस लोगों को खत्म कर देती हैं।"

और फिर उसने पेन रख दिया।

उस रात के बाद घर में एक अलग तरह की स्थिरता आ गई। यह शांति नहीं थी, बल्कि एक तय हो चुकी स्थिति थी, जैसे किसी चीज़ का अंतिम आकार बन गया हो और अब बस वही दोहराया जा रहा हो।

राघव सुबह उठा तो फोन पर कोई नया संदेश नहीं था। यह पहले सुकून जैसा लगता था, लेकिन अब यह संकेत जैसा लगने लगा था।

दोपहर तक वकील का कॉल आया।

इस बार उसकी आवाज़ बहुत कम थी।

"मुझे तुम्हें एक बात साफ बतानी है।"

राघव ने बिना देर किए पूछा—

"क्या हुआ?"

वकील ने कहा—

"केस को प्रशासनिक रूप से रोक दिया गया है।"

राघव कुछ सेकंड चुप रहा।

फिर बोला—

"मतलब बंद?"

वकील ने कहा—

"नहीं। रोका गया है।"

राघव ने धीमे स्वर में पूछा—

"फर्क क्या है?"

वकील ने कहा—

"बंद होने में अंत होता है।"

वह रुका।

"रोकने में समय होता है।"

राघव ने आँखें बंद कर लीं।

अब उसे समझ आने लगा था कि यह भाषा सिर्फ शब्दों का खेल नहीं थी, यह नियंत्रण का तरीका था।

वकील ने आगे कहा—
“और एक बात।”
राघव ने कहा—
“बोलो।”
वकील ने बहुत धीरे कहा—
“अब तुम्हें आगे किसी औपचारिक पूछताछ के लिए बुलाया नहीं जाएगा।”
राघव ने पूछा—
“तो फिर?”
वकील ने कहा—
“अब सब कुछ अंदर ही अंदर रहेगा।”
यह लाइन सबसे भारी थी।
राघव ने पूछा—
“और मैं?”
वकील ने कहा—
“तुम अब रिकॉर्ड में हो, प्रक्रिया में नहीं।”
कॉल खत्म हो गया।
राघव कुछ देर वहीं बैठा रहा।
उसे पहली बार लगा कि लड़ाई खत्म नहीं हुई है—
उसे बस मंच से हटा दिया गया है।
शाम को मीरा ने पूछा—
“अब क्या?”
राघव ने बहुत धीमे कहा—
“अब वे मुझे नहीं बुलाएंगे।”
मीरा ने पूछा—
“और केस?”
राघव ने कहा—
“रुक गया है।”
मीरा ने कुछ नहीं कहा।
बस सिर झुका लिया।
आरव ने उस रात बहुत देर से पूछा—
“पापा, अब सब ठीक हो गया?”
राघव ने उसे देखा।

यह सवाल अब मासूम नहीं लगता था।

वह धीरे बोला—

“सब कुछ ठीक होने के लिए खत्म होना जरूरी नहीं होता।”

आरव ने पूछा—

“तो फिर क्या होता है?”

राघव ने कहा—

“कभी-कभी चीज़ें बस रुक जाती हैं।”

आरव चुप हो गया।

उसकी आँखों में एक अधूरा जवाब था।

उस रात राघव ने कॉपी खोली।

बहुत देर तक पन्ना खाली रहा।

फिर उसने लिखा—

“आज पहली बार समझ आया कि न्याय कभी-कभी हारता नहीं है।”

कुछ सेकंड बाद—

“वह बस चुप हो जाता है।”

फिर उसने कॉपी बंद कर दी।

और पहली बार उसे लगा कि अब लड़ने या हारने का सवाल नहीं बचा।

सिर्फ एक खालीपन बचा है जो किसी निर्णय का इंतजार भी नहीं करता।

अगले कुछ दिनों तक किसी ने केस का नाम नहीं लिया। न राघव ने, न वकील ने, और न ही किसी कागज़ ने। लेकिन इसका मतलब यह नहीं था कि वह खत्म हो गया है। वह बस एक ऐसी जगह चला गया था जहाँ से उसे सीधे देखा नहीं जा सकता था।

राघव ने नोटिस किया कि अब लोग उसे पहले की तरह नहीं देखते। पहले वह “केस वाला आदमी” था। अब वह बस “वह आदमी” था। फर्क छोटा था, लेकिन भीतर से बहुत बड़ा।

मीरा अब ज्यादा शांत हो गई थी। उसकी चुप्पी अब सवाल नहीं थी, एक स्वीकृति जैसी लगने लगी थी। वह घर के काम करती थी, आरव के साथ बैठती थी, लेकिन कहीं न कहीं वह खुद को भी देख रही थी, जैसे यह तय कर रही हो कि वह अभी कहाँ है।

एक शाम उसने अचानक राघव से कहा—

“तुम्हें याद है जब सब शुरू हुआ था?”

राघव ने सिर हिलाया।

मीरा ने धीरे कहा—
“मुझे लगता है हम वहीं अब भी हैं।”
राघव ने पूछा—
“कैसे?”
मीरा ने जवाब दिया—
“बस... फर्क इतना है कि अब हम थक गए हैं।”
राघव कुछ नहीं बोला।
उस रात वकील का संदेश आया—
“एक आखिरी बैठक हो सकती है।”
राघव ने तुरंत जवाब दिया—
“कब?”
वकील ने कहा—
“पक्का नहीं।”
यह “पक्का नहीं” अब बहुत कुछ बदल चुका था।
अगले दिन राघव अकेला गया।
वकील पहले से बैठा था, लेकिन इस बार उसके पास कोई फाइल नहीं थी।
उसने राघव को देखकर कहा—
“अब जो कहना था, कहा जा चुका है।”
राघव ने पूछा—
“तो अब मैं यहाँ क्यों हूँ?”
वकील ने बहुत शांत स्वर में कहा—
“क्योंकि अंत हमेशा प्रक्रिया में नहीं आता।”
राघव ने उसकी तरफ देखा।
वकील ने आगे कहा—
“कभी-कभी वह सिर्फ अनुपस्थिति में आता है।”
राघव ने धीरे पूछा—
“मतलब?”
वकील ने कहा—
“मतलब यह कि अब कोई निर्णय नहीं आएगा।”
कुछ सेकंड बाद—
“न तुम्हारे पक्ष में, न विपक्ष में।”
राघव चुप रहा।

वकील ने क़हा—

“केस अब फाइल में नहीं रहेगा।”

राघव ने पूछा—

“तो कहाँ रहेगा?”

वकील ने उसकी तरफ देखा।

“लोगों की याद में।”

राघव ने हल्की हँसी जैसी आवाज़ में कहा—

“यादें भी क्या न्याय करती हैं?”

वकील ने कहा—

“नहीं।”

वह रुका।

“लेकिन वे भूलती भी नहीं हैं।”

घर लौटते समय राघव बहुत देर तक खिड़की से बाहर देखता रहा।

मीरा ने पूछा—

“क्या हुआ?”

राघव ने कहा—

“कुछ भी नहीं हुआ।”

और यह पहली बार था जब “कुछ भी नहीं” का मतलब खालीपन नहीं था।

रात को आरव ने पूछा—

“अब पापा, आप फिर से वैसे हो जाओगे?”

राघव ने उसे देखा।

बहुत देर बाद बोला—

“मैं पहले जैसा कभी था ही नहीं।”

आरव चुप हो गया।

उस रात राघव ने कॉपी खोली।

इस बार उसने बहुत कम लिखा।

सिर्फ इतना—

“आज मुझे समझ आया कि कुछ लड़ाइयाँ खत्म नहीं होतीं, वे बस पहचान बदल लेती हैं।”

और आख़िर में—

“और लोग भी।”

उस "कुछ भी नहीं" के बाद कुछ दिनों तक घर में एक अजीब संतुलन बना रहा। न कोई खबर थी, न कोई नया कदम। लेकिन यह स्थिरता पहले जैसी नहीं थी—यह किसी रुके हुए पानी जैसी थी, जिसमें नीचे बहुत कुछ धीरे-धीरे बैठ रहा हो।

राघव अब पहले की तरह बाहर नहीं जाता था। फोन भी कम उठाता था। उसे लगने लगा था कि अब चीज़ें बाहर नहीं, भीतर तय हो रही हैं।

एक सुबह मीरा ने अचानक कहा—

"अगर यह सब पहले खत्म हो जाता तो क्या होता?"

राघव ने उसकी तरफ देखा।

"कौन सा सब?"

मीरा ने हल्के स्वर में कहा—

"यह सब जो अब कुछ भी नहीं बन गया है।"

राघव चुप रहा।

कुछ सेकंड बाद बोला—

"शायद हम अलग तरह से रहते।"

मीरा ने पूछा—

"अच्छा या बुरा?"

राघव ने पहली बार बिना सोचे कहा—

"कम थके हुए।"

मीरा ने हल्का सा सिर हिलाया।

"थकान ही शायद असली चीज़ थी।"

राघव ने कुछ नहीं कहा।

उस दिन दोपहर में वकील का फोन आया।

आवाज़ पहले जैसी नहीं थी।

"एक बात समझनी होगी।"

राघव ने तुरंत कहा—

"क्या?"

वकील ने कहा—

"केस औपचारिक रूप से निष्क्रिय सूची में डाल दिया गया है।"

राघव ने धीरे पूछा—

"मतलब बंद?"

वकील ने कहा—

“नहीं।”

वह रुका।

“मतलब अब इसे कोई आगे नहीं ले जाएगा।”

राघव ने फोन कसकर पकड़ लिया।

“क्यों?”

वकील ने कहा—

“क्योंकि अब इसे आगे ले जाने का औचित्य नहीं दिखाया गया।”

राघव ने बहुत धीरे कहा—

“औचित्य?”

वकील ने जवाब दिया—

“हाँ।”

कुछ सेकंड बाद—

“अब यह साबित नहीं हो रहा कि इसे आगे बढ़ाने की जरूरत है।”

राघव की सांस थोड़ी भारी हो गई।

“और जो हमने देखा?”

वकील ने बहुत शांत स्वर में कहा—

“वह रिकॉर्ड में है।”

राघव ने पूछा—

“और मीरा?”

वकील चुप रहा।

यह चुप्पी जवाब थी।

राघव ने फोन नीचे रख दिया।

उसके बाद उसने बहुत देर तक कुछ नहीं कहा।

शाम को घर लौटकर उसने मीरा को देखा।

वह रसोई में थी।

धीरे काम कर रही थी।

राघव उसके पास गया।

“सब खत्म हो गया।”

मीरा ने हाथ रोक दिया।

फिर धीरे बोली—

“या बस लिखना बंद हो गया?”

राघव उसकी तरफ देखने लगा।

मीरा ने पहली बार बिना किसी उम्मीद के कहा—
“तुम्हें पता है अजीब क्या है?”
राघव ने पूछा—
“क्या?”
मीरा ने कहा—
“कि मुझे पहले से ही लग रहा था ऐसा होगा।”
राघव चुप।
मीरा ने आगे कहा—
“लेकिन फिर भी हम लड़ते रहे।”
राघव ने धीरे पूछा—
“क्यों?”
मीरा ने बहुत हल्के स्वर में कहा—
“क्योंकि कुछ लड़ाइयाँ जीतने के लिए नहीं होतीं।”
वह रुकी।
“बस यह दिखाने के लिए होती हैं कि हम कभी रुके नहीं।”
उस रात आरव बहुत देर तक चुप रहा।
फिर उसने पूछा—
“तो अब पापा, सब खत्म?”
राघव ने उसे देखा।
लंबी चुप्पी के बाद बोला—
“कुछ खत्म नहीं होता।”
आरव ने पूछा—
“तो फिर क्या होता है?”
राघव ने धीरे कहा—
“हम बदल जाते हैं।”
उस रात राघव ने कॉपी खोली।
लेकिन इस बार उसने कुछ नहीं लिखा।
बस खाली पन्ना देखा।
और पहली बार उसे लगा कि अब शब्द भी थक चुके हैं।
वह कॉपी बंद करके बैठ गया।
और घर में पहली बार कोई भी आवाज़ नहीं थी—लेकिन फिर भी पूरा घर किसी अनकहे अंत में खड़ा था।

उस रात के बाद घर में एक नई तरह की दिनचर्या बन गई। पहले दिनचर्या घटनाओं से चलती थी—कॉल, नोटिस, बैठकें। अब दिनचर्या सिर्फ समय से चलती थी।

सुबह उठना, काम करना, खाना, सोना।

बीच में कोई बड़ा मोड़ नहीं था।

लेकिन इसी "बीच" ने सब कुछ बदल दिया था।

राघव अब कम बोलता था। वह जवाब देता था, लेकिन बातचीत शुरू नहीं करता था। जैसे उसके भीतर कोई हिस्सा अब यह मान चुका था कि हर सवाल का जवाब जरूरी नहीं होता।

मीरा भी बदल गई थी, लेकिन अलग तरीके से।

उसकी चुप्पी अब भारी नहीं थी।

वह साफ हो गई थी।

एक तरह की स्वीकृति जिसमें शिकायत नहीं बची थी।

एक शाम वह बालकनी में खड़ी थी।

राघव उसके पास आया।

दोनों कुछ देर चुप रहे।

फिर मीरा ने कहा—

"तुम जानते हो, सबसे अजीब क्या हुआ?"

राघव ने पूछा—

"क्या?"

मीरा ने बाहर देखते हुए कहा—

"अब मुझे किसी जवाब का इंतजार नहीं रहता।"

राघव ने उसकी तरफ देखा।

"क्यों?"

मीरा ने बहुत साधारण स्वर में कहा—

"क्योंकि मैंने सीख लिया कि जवाब हमेशा जीवन नहीं बदलते।"

कुछ सेकंड बाद वह बोली—

"और न मिलने पर भी जिंदगी रुकती नहीं।"

राघव कुछ नहीं बोला।

उस रात वकील का कोई कॉल नहीं आया।

न अगला दिन।

न उसके बाद।

धीरे-धीरे उसका नाम बातचीत से गायब हो गया।
जैसे वह किसी और दुनिया में था, जहाँ से अब संपर्क संभव नहीं था।
एक दिन राघव ने खुद उससे मिलने जाने की कोशिश की।
दफ्तर बदला हुआ था।
नया नाम।
नई व्यवस्था।
पुराने लोग नहीं थे।
किसी ने कहा—
“वह अब यहाँ नहीं हैं।”
राघव ने पूछा—
“कहाँ हैं?”
जवाब मिला—
“पता नहीं।”
बस इतना।
राघव वहीं खड़ा रहा।
कुछ देर बाद वह बाहर आ गया।
रास्ते में उसे पहली बार लगा कि यह सिर्फ केस नहीं था।
यह संबंध था।
और संबंधों का भी एक अंत होता है—जो दर्ज नहीं होता।
घर लौटकर उसने मीरा को नहीं बताया।
बस बैठ गया।
रात को आरव ने पूछा—
“पापा, वो अंकल फिर नहीं आएंगे?”
राघव ने धीरे कहा—
“नहीं पता।”
आरव ने पूछा—
“तो अब हम क्या करेंगे?”
राघव ने उसे देखा।
फिर बहुत देर बाद बोला—
“हम वही करेंगे जो पहले नहीं कर पाए।”
आरव ने पूछा—
“क्या?”

राघव ने कहा—

"जीना।"

उस रात राघव ने कॉपी उठाई।

बहुत देर तक पन्ना देखा।

फिर उसने लिखा—

"आज मुझे समझ आया कि कुछ लड़ाइयाँ खत्म नहीं होतीं, वे बस अपनी आवाज़ खो देती हैं।"

कुछ सेकंड बाद—

"और जो बचता है, वह जीवन होता है—बिना किसी फैसले के।"

वह रुका।

और पहली बार उसने कॉपी बंद करते समय राहत महसूस नहीं की।

बस स्वीकार था।

कि अब कहानी नहीं चल रही।

अब सिर्फ जिंदगी चल रही है।

कुछ समय बाद वह घर अब वैसा नहीं रहा जैसा पहले था, और यह बदलाव किसी एक दिन में नहीं आया था। यह धीरे-धीरे आया था, बिना किसी घोषणा के, बिना किसी घटना के, बस समय के साथ सब चीज़ों के अर्थ बदलते चले गए।

राघव अब सुबह उठकर किसी कॉल का इंतजार नहीं करता था। वह बस उठता था। काम करता था। घर आता था। और बैठ जाता था।

मीरा भी अब किसी सवाल का इंतजार नहीं करती थी। वह अपने काम करती थी, आरव के साथ रहती थी, और दिन को ऐसे जीती थी जैसे वह किसी बड़े वादे के अधीन नहीं है।

एक शाम तीनों छत पर बैठे थे।

हवा हल्की थी।

आरव कुछ खेल रहा था।

राघव और मीरा चुप थे।

काफी देर बाद मीरा ने कहा—

"तुम्हें कभी लगता है कि अगर हम यह सब शुरू ही न करते तो?"

राघव ने उसकी तरफ देखा।

फिर धीरे बोला—

"लगता है।"

मीरा ने पूछा—

"और?"

राघव ने कुछ सेकंड बाद कहा—

"और यह भी लगता है कि अगर शुरू न करते, तो हम शायद यह भी नहीं समझते कि हम कितनी देर तक चुप रह सकते हैं।"

मीरा हल्की मुस्कुराई।

"चुप रहना भी एक तरह की जिंदगी है।"

राघव ने सिर हिलाया।

"लेकिन पूरी जिंदगी नहीं।"

कुछ देर दोनों चुप रहे।

आरव नीचे उतर गया था।

छत पर सिर्फ हवा थी।

और दो लोग थे, जिनके बीच अब कोई लड़ाई नहीं थी, लेकिन कोई जीत भी नहीं थी।

राघव ने धीरे कहा—

"मुझे लगता है अब यह खत्म हो गया।"

मीरा ने पूछा—

"क्या?"

राघव ने कहा—

"सब कुछ।"

मीरा ने उसकी तरफ देखा।

फिर बहुत धीरे बोली—

"नहीं।"

वह रुकी।

"यह खत्म नहीं हुआ।"

राघव ने पूछा—

"फिर?"

मीरा ने बहुत शांत स्वर में कहा—

"यह बस हमारे अंदर बदल गया है।"

राघव कुछ नहीं बोला।

उसने दूर देखा।

और पहली बार उसे लगा कि यह बदलाव दर्दनाक नहीं है।

बस स्थायी है।

उस रात उसने कॉपी उठाई।

लेकिन इस बार उसने कुछ भी लिखने की कोशिश नहीं की।

कुछ देर बाद बस एक लाइन लिखी—

"आज मुझे समझ आया कि कुछ लड़ाइयाँ जीतने के लिए नहीं होतीं, और कुछ अंत खत्म होने के लिए नहीं होते।"

वह रुका।

कॉपी बंद की।

और धीरे से कहा—

यह बस जीवन होता है।"

धन्यावाद

यह पुस्तक केवल एक कहानी नहीं, बल्कि उन भावनाओं, प्रश्नों और मौन प्रतीक्षाओं का परिणाम है जिन्हें शब्दों में बदलने का प्रयास किया गया है। हर कहानी के पीछे कुछ अनुभव होते हैं, कुछ कल्पनाएँ होती हैं और कुछ ऐसे विचार होते हैं जो लंबे समय तक मन में चलते रहते हैं। "तारीखों के बीच" भी उसी यात्रा का एक हिस्सा है।

मैं उन सभी पाठकों का हृदय से आभार व्यक्त करता हूँ जो इस पुस्तक को अपने समय और संवेदनाओं का हिस्सा बनाएँगे। किसी भी लेखक के लिए इससे बड़ा सम्मान नहीं होता कि उसके लिखे हुए शब्द किसी दूसरे व्यक्ति के मन तक पहुँचें।

मैं विशेष रूप से उन लोगों के प्रति सम्मान व्यक्त करता हूँ जो कठिन परिस्थितियों में भी सत्य, धैर्य और मानवीय संवेदनाओं को बनाए रखते हैं। यह पुस्तक किसी व्यक्ति, संस्था या वास्तविक घटना का प्रत्यक्ष चित्रण नहीं है, बल्कि मानवीय अनुभवों और सामाजिक प्रश्नों पर आधारित एक काल्पनिक साहित्यिक रचना है।

इस पुस्तक को लिखते समय उद्देश्य किसी निर्णय पर पहुँचना नहीं था, बल्कि उन भावनाओं को समझने का प्रयास करना था जो लंबे इंतजार, अधूरे उत्तरों और जीवन की बदलती परिस्थितियों के बीच जन्म लेती हैं।

अपने परिवार, मित्रों और उन सभी लोगों को भी धन्यवाद, जो प्रत्यक्ष या अप्रत्यक्ष रूप से हर रचनात्मक यात्रा में साथ खड़े रहते हैं और हमें लिखते रहने का साहस देते हैं।

और अंत में—

उन पाठकों के लिए जो अंतिम पृष्ठ तक पहुँचेंगे।

यदि इस कहानी ने आपको एक क्षण के लिए रुककर सोचने पर मजबूर किया, यदि आपने पात्रों के साथ कुछ महसूस किया, यदि कहीं कोई प्रश्न आपके भीतर बचा रह गया—तो यही इस पुस्तक की सबसे बड़ी उपलब्धि होगी।

आपका स्नेह और विश्वास ही किसी भी लेखक की सबसे बड़ी पूँजी होता है।

सादर,

अजीत कुमावत

www.ingramcontent.com/pod-product-compliance
Lightning Source LLC
LaVergne TN
LVHW090408210926
848480LV00002B/493